欢迎来到实力至上主义的教室 ④

伊吹澪

C班学生。打从心底讨厌
独裁统治C班并不断采取
异常战略的龙园。

既然如此，我们现在
就在这里再次交手吧。

学力？
真无聊。
那种东西
没有任何价值。

龙园翔

C 班的男生，班级领袖。头脑
非常聪明，但只重视结果并不
择手段，使得许多人不幸。

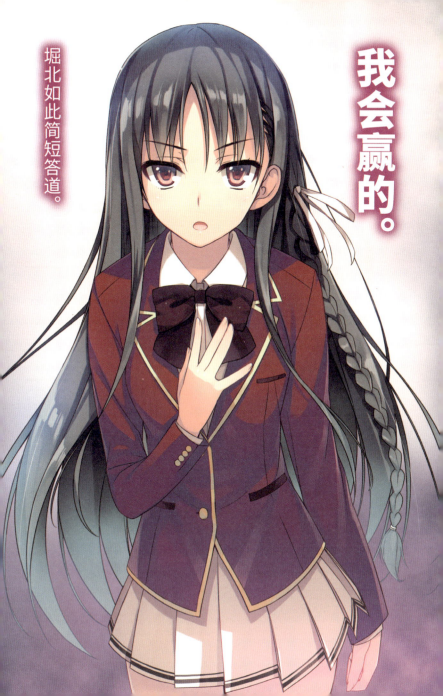

我会赢的。

堀北如此简短答道。

欢迎来到实力至上主义的教室 ④

c o n t e n t s

欢迎来到实力至上主义的教室

〔日〕**衣笠彰梧** 著

虎虎 译

人民文学出版社
PEOPLE'S LITERATURE PUBLISHING HOUSE

著作权合同登记：图字 01-2019-4306 号

YOUKOSO JITSURYOKUSHIJOUSHUGI NO KYOUSHITSU E Vol. 4
© Syougo Kinugasa 2016
First published in Japan in 2016 by KADOKAWA CORPORATION, Tokyo.
Simplified Chinese translation rights arranged with KADOKAWA CORPORATION,
Tokyo through Timo Associates Inc. , Japan.

图书在版编目（CIP）数据

欢迎来到实力至上主义的教室. 4/（日）衣笠彰梧
著；虎虎译. —北京：人民文学出版社，2020（2025. 3 重印）
ISBN 978-7-02-015402-9

Ⅰ. ①欢⋯　Ⅱ. ①衣⋯ ②虎⋯　Ⅲ. ①长篇小说-日
本-现代　Ⅳ. ①I313. 45

中国版本图书馆 CIP 数据核字（2019）第 155194 号

责任编辑　卜艳冰　曹敬雅
装帧设计　钱　珺

出版发行　**人民文学出版社**
社　　址　北京市朝内大街 166 号
邮政编码　**100705**

印　　制　上海盛通时代印刷有限公司
经　　销　全国新华书店等

字　　数　**171 千字**
开　　本　**787 毫米×1092 毫米　1/32**
印　　张　**9. 75**
版　　次　**2020 年 7 月北京第 1 版**
印　　次　**2025 年 3 月第 9 次印刷**

书　　号　**978-7-02-015402-9**
定　　价　**49. 00 元**

如有印装质量问题，请与本社图书销售中心调换。电话：010－65233595

轻井泽惠的独白

结果，我就算进了这所学校也没有任何改变。

不，我从一开始就不打算改变。

理由非常简单。

因为我非常了解我自己。无论优点还是缺点，我都了如指掌。

我也很清楚男女生都不喜欢我。

我明明清楚一切，却不打算改变。

但这样也没关系。

因为我已经不再觉得那是种痛苦。

要说为何，是因为我就是如此期盼的。

我从淋浴间走出，全身赤裸地站在镜子前面。心中不禁涌起一股想要打碎镜子的冲动。

每当看见侧腹的旧伤时，我就会想起不堪的过去。

我感到一阵晕眩与吐意，于是撑着洗手台吐了出来。

为什么我非得遭遇那种事情呢？

为什么我非得像这样受苦呢？

为什么、为什么、为什么——我一直重复着这句话。

重复着这句没意义的话。

过去无法改变。

谁都无法改变。

神明是残酷的。

我的人格在那天噩梦之后就被破坏，失去了青春、朋友和自我。

我必须修正那项错误。

就算再怎么惹人厌，都比再次遭遇同样的处境好。

我不需要青春。

我也不需要朋友。

保护自己才是最重要的。

为此，我将不惜一切代价。

我是——寄生虫，是个无法独自生存的弱小生物。

平稳的日常生活突然间就……

无人岛上的特别考试结束之后已经过了三天。我们高度育成高中的学生搭乘的这艘豪华游轮上没有发生任何事，维持着平静的时光。

对讴歌青春的学生来说，无人岛上的野外求生是种很容易失去冷静判断的情况，事到如今应该也不必多说。

男生们看着女生们成群地互相嬉闹，同时期待着与女生们日后命运般的发展。这里是一应俱全的豪华游轮。我们正处在连讨厌的事情都可以忘却的梦幻般旅行里。就算谁和谁坠入情网也都不奇怪。

这只是无意间听见的谣传，据说船上诞生了几对情侣。很遗憾，这种会喜悦到忘乎所以的事情不可能发生在我身上。大部分时间我都是孤身一人。

这和考前状况没有任何不同。

不……围绕在我周遭的环境确实正在开始改变。

尽管这不是我的本意，但我入学以来的计划被迫进行了大幅调整。原本，我是出于某个理由才选择这所学校的。

直到毕业为止，学校禁止学生与社会的一切联系我的目的就是这则校规。

然而，现在"某个男人"却企图从外面的世界联系我。班主任茶柱老师把这个消息告诉了我，并且威胁要是我不协助她以升上 A 班为目标，就要强行逼我退学，把我逐出这个乐园。这是身为人师不该做出的残忍行为，可是无力的我也没有除接受以外的其他选择。要说为什么，是因为我没有确认消息真假的办法。这么一来，就算我不愿意，也必须假定这就是真相来采取行动。

不过，我不打算完全按照班主任的想法来行动。根据情况不同，我也必须考虑在集齐必要消息的时候，主动出击。

恶魔在我的脑袋深处传来针扎般的低语。这不过是在被干掉前先下手为强就好的事。

——你应该想得到无数种逼她辞职的手段吧？

这种危险想法转瞬即逝。我立刻恢复了我这种和平主义者才会拥有的平常心。

"唉……如果我有足以移动地球自转轴的拳击力量就好了……"

这样我就可以不用为了这种小事烦恼，堂堂正正地生活下去。

我一面幻想不可能存在的七龙珠世界，一面望着窗外。

无人岛考试结束已经过了三天，情况没有任何变化。

野外求生结束后，大部分学生都不觉得考试会就这么结束，预测校方将会继续进行特别考试。可是现在完全没有那种迹象。船上就像是真的迎接暑假般的祥和平静。于是大家就开始尽情享受起这快乐的旅程。

学生们开始放松，逐渐切换成"考试就这么结束了"的乐观心情。心想两周旅行中的后半段一周，是真心为学生设想的纯粹度假。正因为旅行第一天开始大家就被迫体验无人岛生活，才会产生这种松懈心态。不能说这想法不好。这时候最容易疏忽大意、危险就是世上的常态——即使有这种心理准备，也不代表可以顺利通过考试。放松下来有时也能留下佳绩。

"咦？难道你一直待在房间里吗？"

我独自在客房眺望窗外的海景。和我同寝的其中一名室友——名为平田洋介的男生前来向我攀谈。

"我没什么理由外出，也没有可以一起玩的朋友。"

"没这回事吧？应该有须藤同学他们和堀北同学她们吧。"

他们确实是有把我纳入"朋友"范畴，我自认也有把他们当朋友。

但就算属于朋友范畴，只要我处在最低阶级，我和其他朋友的待遇就会不同。

每逢出游，若有朋友可以邀约，其中也会有那种十次里只会邀请一次的人吧。

我当然就是那种十次中只会被邀请一次的人。

"我想绫小路同学你要是再积极一点就交得到朋友了。虽然我这样很多管闲事。"

这个叫作平田的男生，是受到众多学生支持的人气王。

尤其受到女生信赖，还有个叫作轻井泽的女朋友。这种幸福美满的男人，应该不懂提不起积极性的男人的痛苦。

"绫小路同学你是个很有想法的人，之后应该只需要一点点契机吧。"

我不需要这种看似温柔却残酷的安慰。

我不需要"咦……○○同学你明明感觉就很受欢迎……"那种女孩子会说的话。我不需要我说"那你跟我交往"对方却回答"这有点为难……"的那种经历。

我朋友和女朋友都交不到，所以才会像这样子独来独往啊。混蛋。

"我十二点半要和轻井泽同学她们会合吃中餐，要一起吗？要是你能过来，气氛会很热闹哦。"

"轻井泽……她们？"

"嗯，还有其他三个女生。你不愿意吗？"

我稍微想了想。因为老实说我开始想和轻井泽有些接触。

但现在这个时间点应该不必着急。如果还有其他女生同行，那别说是进行对话，我认为场面绝对热闹不起来，还会彻底冷掉。

"我就不用了。我和轻井泽她们不是特别要好。"

班上同学们的关系在第一学期结束的时间点就已经确立完毕。事到如今，我还有什么脸去构筑新的人际关系呢？我的眼前浮现出轻井泽她们对我感到厌烦的模样。

不知道平田懂不懂我害怕人与人交往的情绪。他在我身旁坐了下来。

"我隐约了解你犹豫的心情。正因为这样，我才希望你可以依赖我呢。"

他无论何时何地都维持着这张爽朗的脸庞。这是个令人感激的提议，但我还是摇了摇头。

"距离你们碰面只剩下十分钟了哦。你还是别管我会比较好。"

"没关系，我可以不用这么急。我觉得像现在这样也很开心。"

对旁观者来说，我的话听起来应该就像是逞强或借口，不过我真的是在某种程度上对现状感到满意。当初入学时我确实感受到自己在用"交一百个朋友"的气势渴望着朋友，但是每个人自然而然会安顿下来的位置，从一开始就已经注定了。现在我可以坦率地同意——光和笨蛋三人组、堀北、栉田、佐仓这些人交谈，我的校园生活就不算是很糟糕了。即使如此，叫作平田的这个男生看见独自度日的人似乎也无法置之不理。

"那如果是跟我两人单独吃中餐怎么样呢？即使如此你也不愿意吗？"

两人独处的房间里。平田来床上与我相邻而坐，对我投以认真的眼神。

"呃——我不是不愿意……可是你和轻井泽有约了吧。"

"轻井泽同学她们无论何时都能一起吃饭。可是，好不容易像这样和绫小路同学你同寝室了，而且至今为止我们都没机会一起吃饭。"

一般来说，想和女生一起吃饭才是健康男生的想法。

然而，平田却能够毫不犹豫优先和男生两人单独吃饭。

"我会因此而得罪轻井泽的，你就饶了我吧。"

我为了想办法拒绝，费尽了心思。不过这好像刺激了平田的良心。对平田来说，我看起来应该就像刚出生无法迈出步伐并且颤抖着的小鹿吧。

"没关系，轻井泽同学不是会因为这种事就怨恨你的人。"

不不不，虽然你笑着这么说，但轻井泽就是这种人吧。就算她在平田面前装乖，但平田应该也知道她对待其他人非常苛刻。

即使如此，从平田眼里看来，轻井泽还是被他分类到"不是那种人"的范围之中吗？

这让我联想到心肠慈悲包容不良学生的巡夜老师。

"嗯，我还是拒绝轻井泽同学吧。"

平田有些强硬地这么说完，就向轻井泽拨出拒绝电话。

我打算阻止，但平田用眼神和手制止了我。

"你想吃什么？"

平田在电话接通前，抛出这样的问题。

"……我吃什么都可以，不过我想避免油腻的东西。"

客船上众多餐厅栉比鳞次。种类当然也相当丰富，从拉面和汉堡这类垃圾食物到法国料理都有。

想到现在还是白天，我觉得应该尽量控制自己，吃些简单点的食物。

平田真的在电话上干脆地说自己有约，回绝了轻井泽。我无法听清轻井泽的声音，但平田强硬结束对话，挂断了电话。

"……这样真的好吗？"

"当然。我们去甲板上吧。那里是轻食中心，方便用餐。"

平田像在引领躺在床上悠闲放松的我似的打开了房门。

向我搭话、为我担心，以及设身处地替我着想——虽然这些事就和平常一样，但就擅长观察气氛的平田来说，把不感兴趣的我给带出门，这样有点强硬。说不定有什么隐情。

"谢谢你在无人岛的时候帮我。绫小路同学你帮我找到了犯人，我却没有好好向你道谢，真是抱歉呀。"

"这事不值得道歉。我也没派上用场。发现内裤贼的人是堀北。"

"结果上是这样，不过我也很感谢你不表示排斥地协助了我。"

说到内裤那件事，我就回想起一件事情，于是决定问问平田。我好好地确认过周围没人之后，就开口说了出来。

"轻井泽的内裤后来还给她本人了吗?"

"嗯，因为犯人是伊吹同学，所以进行得意外顺利。"

上次无人岛考试发生一起盗窃事件。轻井泽的内裤被偷走，班上因而陷入一片混乱。我们在男生的包里找到了那条内裤，D班男女生之间的关系因此令人担忧。不过也因为有平田保管那件内裤而得以转机，最后才没酿成大事。总之真是太好了。这是非常敏感的部分，我也很在意后续变得如何。

我在想说不定连平田也会错失归还的时机。

要是他们彼此间是可以若无其事还内裤的关系，那就没什么大问题了。我们搭乘船内的电梯前往最上层的甲板。

许多同年级学生看来都以各自喜好的打扮尽情享受着暑假。

因为附近也设有游泳池，所以当中也有大胆穿着泳装来来往往的男女。大家已经完全摆脱考试心情，这也能理解。这种现状应该可以说是由在无人岛抑制住欲求所产生的那股反作用力造就而成。

而且，利用船内设施和饮食都不用支付手中的点数。换句话说，无论有没有钱，一切都是免费的。如果玩的和吃的全部都免费，那要我们别失分寸才不合理。好像就只有泳衣和游泳道具是租借来的。不过这应该也没什么好不满的吧。

在抵达目的地店家之后，我们发现一半以上的座位都满了。

我们两个像混进人群似的确保住还空着的座位。

"其实……我有些事想找你商量。"

平田就座，把视线落在菜单上，随即有些抱歉似的说出这些话。

"商量？"

果然有隐情。所以他才会想要和我面对面用餐啊。这是个在受邀时能让人接受的理由，所以我并没有意见。

"来和不适合当作商量对象的我搭话，也就是说……内容应该不寻常吧？"

找我这种不擅长说话和倾听的人商量事情，应该有理由。

"你能不能担任我和堀北同学的中间人呢？我认为今后D班要团结一致地努力下去，堀北同学是个不可或缺的人物。"

是这方面的事情呀。我点头之后，平田就一边道歉，一边继续着话题。

"上次，我们D班因为堀北同学的活跃表现而获得意想不到的成果。我觉得这一口气提升了班上的士气。最重要的是景仰堀北同学的人增加了。这是个很大的变化呢。"

"嗯，是呀。"

堀北铃音是我入学之后在D班的第一个朋友。她现在也是个没有其他像样朋友的孤高之人。整体来说，她拥有很强的能力，是文武双全的优等生。但缺点大概就是——高傲所致不和任何人有瓜葛的性格，以及因为不擅与人相处而经常采取的强势态度。

"正因为我们现在处于这种情况，我认为她要和大家相处得更加融洽才行。只要大家互相合作，就可以升上Ｃ班或Ｂ班。不，是可以升上Ａ班。"

假如这种话被某个不认识的人听见，或许会觉得平田是在讲笑话。可是平田当初在入学没多久就很器重堀北。他从一开始就察觉堀北的潜能之高了吧。我不觉得他的话里有令人不悦的地方。

我对于这项提议认为帮忙也无妨。这件事情本身很简单。因为如果只是要引见平田和堀北，即使是我也办得到。不过，这并不会通往解决之道。

"可是，要是我去当中间人事情就可以顺利进行，那就不用辛苦了吧。堀北就是那种人。"

就算我再怎么想缓和她和周遭人的关系，她也会严厉地说我多管闲事，然后结束话题。倒不如说，如果她发现我在暗地里采取行动也不奇怪，毕竟她是堀北。她恐怕更会与我们保持距离。她对于第一学期栉田在咖啡厅里的行动所采取的应对，就证明了这点。

"嗯，我当然也自认很清楚这一点。堀北同学对绫小路同学你以外的人都没有敞开心房。我也不打算强行要她打开。所以我希望你把我的意思用你的方式转换后再告诉她。"

反过来应该也一样吧。我听了堀北意见之后，再向平田传达详情。

也就是说，这么一来就可以不被堀北知道，并建立起看不见的合作关系。

"光听是很简单，但也没这么单纯吧。平时我都任由堀北摆布……这么说虽然会有误解，但我平常不会主动说出自己的意见。假如我突然不客气地说出这些话，她会觉得很可疑吧。文不对题的意见就姑且不论，但如果是你的意见，那正当性或者理由应该都会很贴切。"

"可是，现在除此之外我想不出其他办法。就算我和堀北同学商量，老实说我也没自信可以顺利说服她。这是苦肉计啊。"

"在这个阶段就使出这种招式不会太早了吗？"

他想和堀北联手的心情已经充分传达过来，但如果是这样，也只能正面面对堀北了。我知道这是很困难的事，可是和他人互相合作就是这么回事。

平田也懂这种理所当然的事情。因为没有人会像这家伙这样，那么替班级着想并且珍惜友谊。如果这么想，那他这次提议就留有了疑点。

他好像对什么事情感到焦急，迷失了自己。我自然而然回想起平田在无人岛时的奇怪模样。

我点了吃起来比较方便的三明治和饮料。甲板旁的游泳池里有人在游泳，也有人就这样穿着泳装用餐。学生们看起来都非常开心。

要是池或山内在这里，那么比起吃饭，他们的目光会被身穿泳装的女生给夺去吧。我眼前的平田没把目光投在食物或女生上，而是看着我沉思。

"是呀。就像绫小路同学你说的那样，我的想法或许很肤浅。"

立刻承认自己判断失误的直率，也算是平田的魅力吧。

即使如此，他想和堀北建立合作关系的想法还是很强烈，完全没表现出放弃的模样。

"或许我应该好好思考接近她的方式呢。堀北同学属于有点难相处的类型。绫小路同学，你是怎么和她要好起来的呢？"

平田为了加深自己与堀北之间的关系，想先作为朋友来接触她。

这份积极心态是正确的。要是有我能帮上的忙，我也很想助他一臂之力……

"我和堀北并没有特别要好，是最近好不容易才让她认同我是朋友的程度。"

"堀北同学关系要好的人就只有你，所以你是个很特别的存在。"

特别的存在啊。在我总算和一个人要好起来的时候，这男生已经和四十个人打好了关系。这真不是他该说的台词。或者，说不定正因为他已经可以和四十个人感情融洽，无法和特定的学生变得要好才会令他焦躁。

"你不必这么焦急吧？第一学期才刚结束呢。"

凝聚力基本上必须共度相同时光才会增强，或是把我们放在像无人岛考试那种突发而又严酷的情况下才会产生。

"把堀北不是那种急着想交朋友的性格也纳入考量会比较好。"

我想这么说最能得到平田的理解，于是就这么告诉他了。

"……说不定是这样吧。"

我或许还是太操之过急了——平田再度露出反省之色。

"我好像连她的心情都没考虑，就想抛出单方面的想法呢……"

这么说给自己听的平田这次好像接受了，用力地点了个头，绽放笑容。

"对不起呀。邀你吃饭还擅自商量起事情。来，我们开动吧。"

他转换了心情。我们两个随即开始吃起送来的餐点。

"你果然在这里呀！平田同学！一起吃饭吧！"

轻井泽率领的女生们在甲板上发出开心的声音，走了过来。

"呃……轻井泽同学，我想刚才我已经在电话上通知过你了……"

轻井泽她们无视平田一脸困扰的模样，接着拉开其

他桌的椅子，推开了我，然后把平田包围起来。安静的
用餐场合突然变得吵嚷。虽然我沟通能力有限，不过不
用担心，我已经很习惯这种时候的应对了。我要使用在
第一学期学到的拿手技能"迅速退场"。

　　我拿起自己的食物无声地站起。虽然隐约觉得自己
和平田瞬间对上眼神，但他立刻就被女生们围住，看不
见踪影了。

　　这是把重点放在和同学打好关系所产生的少数缺点
之一。为了别人而腾出自己的时间，于是就无法好好独
处。就算他有私人的烦恼，也会因为无法和轻井泽她们
商量，而闷在心里。

1

　　我丢下被轻井泽缠住的平田。因为没几个认识的
人，所以我决定回房间。我没使用电梯，而是从楼梯返
回船里。一回到我房间所在的三楼，我就发现走廊上有
点点水斑。

　　这些水斑似乎一直延伸到我房间所在的那一端。我
追寻痕迹似的走着，结果发现那里有一名穿着海滩裤，
赤裸上半身的男生正优雅地走着路。

　　"客、客人！您就这样身体湿答答地走在走廊上，
我可是会很伤脑筋的！"

　　男服务生察觉紧急状况，便急忙奔至男生身边。不

知为何他手上有一条毛巾。

"哈哈哈！看来被你发现了啊。"

"这已经是第四次了。我已告诉过您好几次，请您从游泳池上来后擦干身体后再回到船内！这样会给其他客人造成困扰！"

看来他好像已经是惯犯了，所以男服务生才会事先准备毛巾。

"困扰？我可不记得自己被人说过这会是困扰呢。很不巧，我从懂事以来就没有擦干身体的习惯。有句话是这么说的——水嫩嫩的美男子。"

高圆寺将濡湿的头发迅速往上拨，使水滴四散至周围。男服务生看见这情况，便急忙拿毛巾擦拭走廊和墙上的水滴。

高圆寺觉得这慌张的模样很有趣，于是停下了脚步。

"你有笔和纸吗？"

"咦？啊，有、有的……工作中我都随身携带着笔记本和笔……"

男服务生不懂这话的意思，就这样恭恭敬敬地拿出了圆珠笔。

"你知道知名人士的签名，有时候会附上意想不到的增值价格吗？据说在国外也有附加数百万至数千万价值的案例呢。"

"这……又怎么了吗?"

他流畅地在笔记本里写了些什么,就把本子递还给男服务生。虽然我只是从远处看,但我还是可以辨认清纸上用难以阅读的文字写着"高圆寺六助"。

"这、这是什么呀……"

"这很一目了然吧?是签名啊,签名。就算是便宜的笔记本,将来也一定会增值。我就送给你吧。给我心存感激地保管起来。"

看来高圆寺打算送礼给为自己服务的男服务生,才写下了签名。然而,这分明就是倒添麻烦的好意,人家一点都不想要。

不如说,圆珠笔和笔记本的消耗部分甚至是个损失。

"别摆出这么疑惑的表情。将来我会成为一肩扛起日本的男人。我可是等着到时候要搭乘大船呢。当然,那会是艘远比现在搭乘的这种民间船只还要更大的高级豪华游轮。"

就算说是豪华游轮,但只要不是那艘有着沉船命运的泰坦尼克号就好。

高圆寺满足地笑着。哑口无言的男服务生,对这个已经失控的男生好像已经失去制止的信心,凝视着被水滴弄湿的地板。他好像不愿意再和高圆寺扯上关系了。

谣言是个会不胫而走的东西。同年级学生就像是觉得"我可不想被这个只顾自己方便的个性玩弄",因此谁都没有去劝诫高圆寺。最重要的是,同学们都已经体验过这种与男服务生相同的境遇。

要是平田看见高圆寺,或许会向他搭话吧,不过也不会责备他。即使责备也会被他忽略,或者最多就是像男服务生那样被随便地对待。

高圆寺这个男生是个毒药般的存在。接触他的无论是敌是友,都会感到痛苦。

我想避免被卷入麻烦事,于是静静地从两人身旁走过。

君子不履险地。

"哎呀?这不是绫小路 boy 吗?真巧啊。"

没想到我居然会被他搭话。男服务生发现高圆寺的目标从自己转移到我身上的瞬间,浮出了满脸笑容。

就像是在说——啊,我被释放了!

不不不,作为一名船员,这是怎么回事啊……不管是怎样的客人都应该从头效劳到尾吧。

"有什么事吗?"

"不不不,没什么事。我只不过是以 schoolmates 身份向你搭话。即使我们的身份地位不相称,但你也是我的 roommates 呢。"

他再次迅速拨起头发,水滴就像霰弹枪那样击中我的脸和制服。他本人当然只在乎自己拨头发的方式,丝毫没有察觉到受害者。

尽管我也受害了，但男服务生笑眯眯地看着我的惨状。

嗯嗯，我可以深切了解你的心情……

"那么我就在此告辞。请您今后多加留意。"

男服务生使出逃跑这招，同时还留下了一句劝告。当然，我可不想在这地方和高圆寺独处。

"请问你刚才在和高圆寺说什么呢？"

男服务生的表情瞬间从笑脸转为愤怒，但高圆寺看向男服务生的刹那，他又再次恢复成笑脸。

"不，呃，就如您所见，他的身体湿答答的，因此我才将毛巾……"

"换句话说，你就是来劝诫他的吧。打扰你们了，那我就先告辞了。"

我把男服务生传来的球，强行以快球打了回去，接着溜之大吉。

"Boy，你是来劝诫我的吗？"

"啊……不，这个，所以说……"

我总算从高圆寺手中逃离，打算返回自己的房间。

"可是……要是就这么回房间，就会和高圆寺碰面吧。"

那样的话，房间就会变成一个有点麻烦的空间。这趟旅行之中，我有好几次和他独处的时间，那实在是不自在到难以置信。

　　我想要避免尴尬的气氛，于是向后转，决定错开回房间的时间。

　　我想瞄准同寝室的平田或幸村可能回到房间的时间回去。附近导览看板上张贴着浅显易懂的船内地图。虽然它不过是张地图，却被裱在金框里头。很像是豪华游轮会有的搭配。我环视地图，在脑中描绘出可以打发时间的路径，立刻搭电梯去了二楼。

　　船只不算屋顶，一共九层，由地上五层楼及地下四层楼组成。一楼是休息室或者举行宴会使用的楼层，屋顶则设置了游泳池、咖啡厅等。三楼到五楼部分是设有客房的楼层。三楼男生、四楼女生。包括老师在内，男女生都明确地被分了开来。只是男女生楼层之间并没有特别的限制，所以就算男生往返女生的楼层也没有问题。硬要说的话，就是午夜十二点之后禁止停留和进入女生楼层的程度吧。顺带一提，其他楼层如地下一楼至地下三楼里，有电影或舞台等各种娱乐设施。而位于游轮最底层的地下四楼则似乎是电机房。关于地下四楼，可以说是和学生完全不相关的地方。

　　休息室之类可以二十四小时利用的地方，在深夜也可以自由进出，不过我们却收到校方通知要避免深夜靠近。

　　我现在所在的二楼，有好几个和其他客房气氛不同的房间，我不清楚何时会利用到这里。通道也很冷清，几乎没有学生踪影。

这时，我口袋中的手机震动了一下。

我拿出手机，发现收到一封邮件。它是来自某名少女的邀约。该说是时机正好吗？也就是说，我可以打发时间了。我没有任何理由拒绝，于是欣然答应。

2

"唉……唉……"

我靠近给我发邮件的佐仓身边，就看见她不停地叹气。

"你怎么了啊？"

"唔哇！啊，绫小路同学！"

我不觉得自己的搭话方式会让人这么惊讶，但对佐仓来说这好像是个突袭。她猛然伸直总是驼着的背，惊慌失措。

"抱歉，吓到你了。"

"没、没有，我只是莫名有点紧张。"

她和朋友碰面都这么紧张，看来她的私生活还是很辛苦呢。

"绫小路同学，你的室友是平田同学、高圆寺同学，还有幸村同学……对吗？"

"我吗？嗯，是啊。这怎么了吗？"

她会来问我这种事让我很意外。

"嗯……其实……我因为室友的事情有点烦恼……"

她应该和室友的关系不好吧。这很像是那个平时不擅与人相处的佐仓。只要一看她的脸，我就知道对她来说这个烦恼非同小可。

"你所谓的烦恼，是指想和她们变得要好，却没有办法吗?"

"该怎么说呢……想和她们变得要好的心情和想要一个人独处的心情相互矛盾。所以……我还真是没用呀。"

佐仓变得很气馁。我光是看见她很不安的双眼，就马上明白了。我不知道佐仓的室友是谁，以我的角度来说，现在没办法给她建议。

"你的室友是谁?"

"呜呜……你愿意听我说吗? 是筱原同学、市桥同学，还有前园同学……"

她极为消沉地说出室友的名字。

她室友的个性都很强。说到筱原，她是和D班轻井泽关系密切且握有班级实权的女生。她的性格倔强，就连和男生吵架也会正面对抗，是个值得依赖的人，可是她对合不来的对象却很不留情……我想她对佐仓应该没什么意见，不过佐仓不是她会想去搞好关系的对象。市桥平时稳重，但与筱原一样，都属于性格强势的人。前园我不太了解，对她的印象是容易和人吵架，态度恶劣。对佐仓来说，她是最难相处的一类人吧。面对这些室友，就算佐仓想努力拉近距离，假如她们不喜欢佐仓那种模样，佐仓被讨厌也相当有可能。光是至今为止她都没有哭着找谁，我甚至都想摸摸她的头，告诉她"真厉害、真厉害"了。

"可是，你为什么要跟我说？"

"……我在想若是你的话，应该会给我什么建议吧……"

佐仓小声说道，轻轻点头。

看来是我意外受人依赖。佐仓马上补充道歉。

"擅、擅自依赖你，真是对不起。绫小路同学你明明也很忙。"

"没关系。你就算找我商量，我也不会困扰。只不过能不能帮上忙，又是另一回事了呢。"

真遗憾。我和佐仓的室友关系都不太好，所以也无法帮到她。当我正在沉思有没有什么办法的时候，客房的门打了开来。

"咦？绫小路同学和佐仓同学，你们在这里干什么呀？"

从客房里冒出身影的是D班的栉田桔梗。

佐仓开朗的表情立刻就消失在云缝里。四周气氛变得很不自在。她很不擅长控制自己的表情吧……她对栉田的出现，明显表示出抗拒的反应，但栉田好像完全不介意，并继续说了下去：

"啊，我并没有打算打扰你们哟。我只是要去和朋友会合。"

"……那我先回房间了。"

栉田急忙拉住她，但佐仓还是快步跑回了船里。

"抱歉呀。真是个不好的时间点。我不搭话或许会比较好呢。"

栉田合掌道歉。她不用道歉，这只是佐仓不擅长与人相处而已。

"话说回来，总觉得这是回到船上之后第一次和你说上话呢。虽然我远远看见你和各式各样的人在一块玩。"

栉田即使在D班，也是个受欢迎的人气王。不，应该说是全年级最受欢迎的吧。

她在入学典礼那天宣言要和大家成为朋友的目标，现阶段眼看就要达成。除了佐仓等极少数人之外。

"今天我和C班女生们约好要一起玩。绫小路同学，你要过来吗？"

"咦……我可以参加吗？"

"咦？你真的要来吗？"

……气氛一下子就变了。

我不小心透露想去看看的真心话。栉田对于这句真心话瞬间感到不知所措。

这是客套话。换言之，拒绝客套话才是礼仪。

"我说笑的。你也知道我不是那种会参加的人吧？"

"也是呢。我都有点被吓到了，绫小路同学你还真有趣呀。"

"是吗？"

我不觉得她是真觉得有趣，但栉田这么一说，听起来就会像是发自内心，还真是可怕。

"那我走喽。"

我们彼此简单道别。这时，我和栉田的手机忽然同时响起。

刺耳的高亢声响。这是来自学校的指示，是活动变更等时候通知我们的邮件铃声。即使手机处于震动模式，也会发出声响。由此可见其重要性。

"会是什么事情呀？"

栉田停下了脚步，这也难怪。因为入学之后虽然说明过，但我们至今都没收过一次重要邮件。没想到第一次居然会是在暑假。

与此同时，船内也响起了广播。

"在此通知各位学生。学校刚才向所有学生发送了记载联络事项的邮件。请各自确认手机，遵从指示。另外，假如没有收到邮件，麻烦向附近的教职员提出申请。邮件内容非常重要，因此请务必不要有所遗漏。再重复一次——"

"这是在讲刚才收到的邮件……对吧?"

"大概吧。"

我们同时收到来自校方的通知。

我遵循着广播的指示,操作手机打开邮件。邮件里写着:

> 特别考试即将开始。请学生在各自的指定房间及指定时间里集合。迟到十分钟以上者将会被处罚。请在今晚六点前到二楼二〇四号房间集合。所需时间约为二十分钟,请在使用完洗手间,并将手机转为振动模式或者关闭电源后再前来集合处。

"原来是特别考试。"

果然不是笔试或者测量体能之类的考试呢。

我猜这会像是无人岛野外求生那种普通学校不会举行的考试。

除此之外,邮件里并没有写着任何有关考试的内容。这是要我们从这封邮件里自己领会吗?抑或纯粹是要我们做好心理准备呢?

比起这些,邮件里有一些地方让我很在意。集合时间是晚上六点,所需时间为二十分钟左右。学校给的时间非常少。指定的地点在船内似乎是客房的地方。这又是为什么呢?再怎么说,我都不觉得这环境适合考试。

"可以让我看一下吗？"

我请栉田让我看看她收到的邮件。内容基本上完全相同，只有指定地点和时间和我不一样。她的集合时间是晚上八点四十分，所需时间同样约为二十分钟。而地点也相隔两个房间。

"为什么要用这种奇怪的方式把我们叫出去呢？"

"……我也不明白呢。"

唯一确定的就是我没有好的预感。

我原本就不觉得巡航旅行会就这样结束，看来果真如此。

船里能集合一年级全体学生的地方……像是电影院和派对会场、自助餐餐厅等地方，我都事先去了一趟。我本以为可以发现可疑动静或者推测出考试内容。遗憾的是当时我没有看出任何征兆。

没想到学校居然会隔离学生、限制条件，再宣布考试开始。

我通过手机给堀北发消息，结果罕见地马上就显示已读。她都是消息发出之后过了半天才看，有时甚至我发的消息被放置许多天。是因为她在同时间点收到来自学校的邮件才会那么快已读了吗？

你刚才有收到学校发的邮件吗？

收到了。

我被指定从晚上六点开始，你呢？

我是晚上八点四十分开始。看来时间不一样呢。

"她是八点四十分啊……"

她和栉田的时段好像相同。也就是说，男生和女生被分成两组了吗？

现在我能想到的就只有这些。我告诉她我考试的开始时间是晚上六点。

我很在意时段不同呢。假如考试开始时间不同，那就会有先知道题目与晚知道题目的人，那就不太公平了。

现在什么都还说不准呢。

我和她一来一往地这样聊着。接着又收到了来自堀北的消息。

我也在意各种事，但总之到时间了，也只能先去一趟了呢。你的时间比较早，到时候麻烦你告诉我具体情况。

好的。

我简短回复，但她并没有马上已读。看来是关机了。

"绫小路同学?"

栉田很在意把注意力集中在与堀北聊天的我,而在我身旁往我这里窥伺情况。虽然我也想从栉田那里打探消息,但想到这应该会造成她的困扰,于是就作罢了。

之后再问应该也不迟。

3

收到学校邮件的我踏上了二楼。我在离指定时间还有大约五分钟的时候抵达了目的地。

平时不会有学生在的楼层,现在有好几名学生正在闲晃。虽然我无法确认他们是谁,不过可以看见他们进了附近的房间。时而也会有学生前来这层楼,从我身旁经过,接着消失在其他的房间。

"是其他班的学生吗……"

我本来一开始也打算在门口等待,不过房间里也有已经开始考试的可能性。最重要的是,不想被其他学生看到自己,所以决定开始行动。我一敲门,马上就得到了回应。

"进来。"

得到允许后,我就踏入了房间。在那里,我看见身穿西装、体格健壮的A班班主任真岛老师正坐在椅子上。他的视线落在小桌子上的资料上。

而真岛老师前方,则有两名男生坐在椅子上。

这两个都是我认识的D班同学。

"剩下两张椅子的其中一张是绫小路殿下的呀？"

说话的是名叫作外村的学生。他被男生尊称为博士。他的身材以高一的学生来说有点胖，戴着眼镜，是属于宅男风格的男生。不过他就如外表那样，事实上就是个宅男。他熟悉历史和机械，虽然言行或讲话语尾经常有我无法理解的部分，但他却是个能够和我进行沟通的人物。

"事情变得很奇怪了呢，绫小路。"

坐在博士旁边的也是我船上的一名室友——幸村。

博士与幸村。他们两人的关系平时并不深。然而，这到底是何种机缘呢？校方集合这些成员，究竟是要开始做什么事情呢？

"你在做什么？快点坐下。"

真岛老师头也没抬，就指示我就座。我不发一语地坐在幸村身旁。

我在意的是，我旁边还备有一张空椅。

从现状推测看来，这将会由一名老师和四名学生来进行……但为何人数这么少呢？

"还要再等一个人过来，你们先乖乖等着。"

从这气氛看来事情非同小可。这是新的暴风雨、拉开考试序幕的预兆。

假如这是场考试说明，那么内容不寻常一事，现在就已经很显而易见了。考试通常维持公平性，一般都会同时向所有学生说明。不管是笔试，还是无人岛上的野外求生，也都是一样的。尽管如此，这空间却是个封闭环境。聚集少数人的意义究竟为何？难道是我操心过头？

总之现在就算想东想西，也不可能得出答案。

即使坐在椅子上，我们也持续着沉重的沉默气氛，我们三个和老师之间也不可能进行其他的对话。虽然说距离预定时间还早，但我真希望另一个人赶快过来。每个房间都设有八音盒式座钟。秒针滴答转动的声音，响彻这等同无声的房间。终于到了规定的六点。刚才动也不动的真岛老师看了时钟一眼。而几乎与此同时，有人敲了敲房门。老师和刚才我敲门时一样说出一句"进来"。房门被慢慢地打开。

"打扰了……"

轻井泽发出听起来很拖泥带水的声音走了进来。我猜测对方会是D班的某人，不过真没想到会是轻井泽。正因为我以为会是别的男生，所以这完全是预料之外。

"咦？这是怎么回事，为什么幸村同学他们会在这里？"

我才想问呢。我对这奇妙的组合也藏不住困惑。博士没有想得太深，不过幸村看起来也很困惑。

"学校应该已经说过要严守时间，你可是迟到了。赶快就座。"

"知道了……"

轻井泽对我们的存在和真岛老师的说话态度有些赌气似的回完话，就走到了椅子前方。她瞥了我们这边一眼，就拿起椅子稍微和我拉开距离，接着坐下。虽然是几厘米的距离，但即使是一毫米的距离，我也会有点沮丧呢……

"你们是D班的外村、幸村、绫小路、轻井泽，对吧。接下来我要进行特别考试的说明。"

我在邮件发来的那个时间点就推测到了这点……但这果然是场考试说明啊。

不过从这四对一的谜样成员，单人房的情况看来，我就只有种麻烦的预感。

"等、等一下啦。我搞不懂意思，考试说明是指什么？考试不是已经结束了吗？而且其他人呢？这样好奇怪。"

轻井泽没办法安静听人说话，马上就抛出了疑问。

这家伙好好看邮件内容了吗？

"现阶段我不接受任何提问。请安静听我说。"

真岛老师不出所料对轻井泽投以冰冷的视线。

校方不会轻易为我们回答这种问题。

"哇，出现了。动不动就那样。"

真岛老师平常就经常被学生说很冷淡。这点即使是在这个考试说明的情况下也是一样。茶柱老师也是很冷淡，不会关照学生的老师。而这名真岛老师同样也不是那种会特别关照 A 班学生的老师。只不过，他和茶柱老师决定性的差别，就是相较于看起来没干劲的茶柱老师，真岛老师的情绪总是没有起伏。这大概是因为他对谁都保持一定的距离吧。

"这次的特别考试中，学校将全体一年级学生比喻成干支并分成十二组。我们会在小组内举行考试。考试目的是考验 Thinking 能力。"

比喻成干支并分成十二组？意思是把 D 班分成三组，再把这三组代入十二干支之中的任意三个吗？

然后考验的能力是"Thinking"。

换言之，就是思考能力的意思。

"什么是 Thinking ？"

轻井泽刚被要求保持安静，却又提问。

"我说过了吧？我不会接受提问。"

轻井泽再次受到真岛老师的劝诫。再怎么样她似乎也感受到了形势的严峻程度。虽然从表情中流露出明显的不满，但她还是闭上了嘴，表现出要聆听说明的模样。

幸村和博士也是如此，虽然不知道他们认真思考到何种程度，不过他们也静静听着说明。

"社会人士会被要求的基本能力大致分成三种。Action、Thinking、Teamwork。具备这些能力的人，才有资格被称为优秀的成年人。之前的无人岛考试，重点放在团队合作。不过，这次是 Thinking。这会是一场需要思考能力的考试。思考能力换言之就是分析现况，然后厘清课题的能力。把解决问题的过程弄清楚，再进行准备的能力。还有发挥创造力，创造出新价值的能力。"

这是个很详细的说明，但要一下子全部理解也有点困难，他们三个的头上好像都冒出了好几个问号。这点我也一样。我还有许多层面无法理解。

"因此这次的考试会分成十二组来进行。"

老师喘了口气。接着，轻井泽期盼的这句话终于到来。

"你们有什么问题要问的吗？"

"我完全不懂。再说得更好理解一点嘛。我知道分成了十二组，可是为什么我会跟这些家伙一起呀？平田同学呢？其他女生呢？而且我也不知道考试内容是什么。告诉我嘛……不对，我是说请告诉我。"

轻井泽硬着头皮在最后一句话中用了敬语。

轻井泽的疑问也很合理。尽管老师说接受提问，但要在至今暧昧不清的说明之中问我们想要问的事情也很受限制。我们只能问集合起来的组员的共通点为何，或者其他人的状况如何，还有为何人数这么少等问题。

假如是把班级分成三组，那应该就会把十二至十五人左右凑在一起做说明。可是学校却没有这么做。这纯粹是房间大小的关系吗？

不，这艘游轮里应该有好几个可以集合中等规模人数的房间。

换句话说——应该有刻意召集少数人的理由吧。

"首先，虽然这是理所当然的事情，但在场的四人会是同一个小组。然后现在这个时间，其他房间也同样正在对'将和你们同组'的组员进行说明。"

将和我们同组的组员？听到这句话，我稍微有点眉目了。

在场只有四人，剩下的组员被分在好几个房间里正接受着说明……也就是说，这场考试将成为我们伙伴的学生们是……

"这样的话聚集所有组员一口气做说明，不是比较快也比较轻松吗？还有，我跟这三人同组的理由是什么？为什么我要跟这些恶心……跟男生们同组呢？我比较想和平田同学同组呢。"

轻井泽任性地喋喋不休，一直忍耐着的幸村终于发火。

"你能不能稍微安静一点？考试说不定已经开始了。要是说多余的话而被扣分，你能负起责任吗？你在无人岛的时候也是这样扯后腿。不要再给班上添麻烦了。"

"什么？你说我何时何地给班上添过麻烦了？你真的很让人火大欸。"

男女互相仇视的光景在之前的考试也经常看见。我和博士都沉默地等他们吵完。

"你们两个都冷静下来。首先，幸村你的担忧是杞人忧天。现在考试还没开始，所以不会有影响。况且，这次考试并没有规定在态度上的记分。"

"看吧？"

轻井泽仿佛在说"怎么样？"似的露出得意的神情。幸村则是很不甘心地瞪着她。他应该是心想不可以大声喧哗才忍下来的吧。

"不过，轻井泽。假如你一直不改变对老师的态度，说不定我们会将此作为调查纪录记下。若是那样就会是件不太好的事情，这点道理你应该懂吧？"

这次幸村无声地对轻井泽嗤之以鼻。真岛老师好像对小学生之间扭打般的争吵感到头痛，把手指轻轻抵着额头。

"听好。你们同组已经是确定事项，无法随心所欲地改变。你们要是在这种时候失和，应该很难在考试中留下好结果吧。"

"不会吧！他们三个我都觉得很难相处！如果是平田同学就好了！"

"呵呵。俗话说三个臭皮匠胜过一个诸葛亮。只要聚集我们三个人的力量，说不定也能成为平田殿下呢。"

"什么？恶心。你们就算聚集一两百个人也都无法成为平田同学的一根头发。"

我不介意她瞧不起我们，可是被她当面明讲也是挺悲伤的。轻井泽除了聚在女生们身边，其他时间一天到晚都紧黏着平田。我们确实无法替代平田⋯⋯

"唉⋯⋯总之待会儿再告诉平田吧⋯⋯"

轻井泽厌烦地叹口气，瞥了我们一眼就移开了视线。

她应该觉得光是理会我们都很麻烦吧。但这点幸村应该也一样。

"你们差不多满意了吧？我要继续说明了。"

"是是是。分组的事情我已经了解了，可是为什么接受这些说明的会是我们四个人呢？我觉得只要在小组集合时再进行说明就好。假如这是那种阴谋或者惹人厌的恶作剧，我真的希望你们不要这样——"

轻井泽嘴快且不带情感地滔滔不绝。

"看来你好像非常介意少数人集合呢。那么我就回答你这问题吧。这不是阴谋论也不是惹人厌的恶作剧，是件很单纯的事情。因为小组不是由一个班级构成，而是从各班集合大约三到五人所组成。事前没进行说明的话，到时候很有可能招致混乱呢。"

这果然就是少数人被召集到房间的理由。

他们三个都还没理解话里的含义，短时间内像是在回想真岛老师的话一样，大家都沉默不语。

当然，这对我来说也是无法马上就能够消化的事情。

房间摆设的时钟，秒针的声响又开始变得越来越清楚了。

"等、等一下。这什么意思，我越来越搞不懂了欸。和其他班组队不是很乱来吗？我们不是敌人吗？"

"是呀，老师。我们至今都是和其他班一路竞争过来的。事到如今突然要和其他班组队，我觉得难以理解。"

轻井泽他们想说的我也不是不能理解，但规则是由校方决定的。

"一路竞争过来的？你们的校园生活才刚开始。你在这个阶段就慌乱的话，前途实在很令人担忧啊，幸村。"

"唔……失、失礼了。"

"现在该想的不是去理解，而是去思考。你们被分到的组是'卯'。这里有小组的成员名单。离开房间时请你们归还这张纸，所以如果你们觉得有必要，就先记下来。"

老师递给我们明信片大小的纸张。上面写着组别名称以及共计十四人的名字。就如真岛老师所言，除了我们四个之外，学生全部都是由 A～C 班构成。

虽然老师说是"卯"，但组别名称上也有用括弧写上拥有相同含义的"兔"。

A班：竹本茂、町田浩二、森重卓郎。

B班：一之濑帆波、滨口哲也、别府良太。

C班：伊吹澪、真锅志保、蔌菜菜美、山下沙希。

D班：绫小路清隆、轻井泽惠、外村秀雄、幸村辉彦。

当中也有我认识的人的名字——B班的一之濑，以及C班的伊吹。

看来这两人跟我同组。

现阶段我无法想象这会是场怎样的考试。就像轻井泽和幸村所担心的那样，我们能够在和其他班组队的情况下彼此竞争吗？

我用斜眼窥视坐在旁边的轻井泽，发现她有些不知所措。

和伊吹变成同一组也只能说是命运坎坷。

"放心吧。现在开始我要说明你们觉得有疑问的地方。这样你们大概就能理解了吧。"

因为轻井泽至今为止的发言，老师会加上"大概"这个字眼也是没办法的。真岛老师开始解释这令人费解的分组理由。

"作为大前提，这次的考试中你们就先无视班级之间的敌对关系吧。我先说清楚，这么做会是个通过考试的捷径。"

"无视班级之间的敌对关系……这是什么意思?"

"我求你，请安静听我说完，轻井泽。不集中注意力，不就无法听清考试内容了吗?"

"饶了我吧。"幸村对频频插嘴的轻井泽说道。

"现在开始你们将不作为 D 班，而是作为兔组来行动。考试的结果，将会以每个小组的成绩排名。"

虽然逐渐可以理解，但我还无法看见全貌。

"特别考试只存在四种结果。为了让你们容易理解，学校也准备了写着结果的资料。不过，这份资料也是禁止带出或者拍摄。请你们在这里好好确认。"

学校为我们准备的四人份纸张边缘弯曲，有点皱巴巴的。

这可能是因为在我们之前被叫来的学生们看过的关系吧。

纸上写着:

夏季小组特别考试说明

本考试是以分派到各组的"优待者"作为基准点的课题。用规定方法回答学校的问题，就一定会获得四项结果的其中之一。

　　学校会在考试开始当天早上八点发送邮件通知学生。同时也会向"优待者"传达被选中的事实。

　　考试日程为明天起至四天后的晚上九点（包含一天完全自由时间）。

　　组员们一天里要在指定时间到指定房间集合两次，并进行一小时的讨论。

　　讨论内容全交由小组自主决定。

　　关于作答部分，在考试结束之后，学校只会在当天晚上九点三十分到晚上十点之间受理"优待者是谁"的答案。另外，一人最多答题一次。

　　学校只接受学生使用自己的手机发送邮件到指定邮箱的答题方式。

　　"优待者"无权作答。

　　对自己隶属的干支小组以外的作答，会全数视为无效。

　　学校会在最后一天的晚上十一点，以邮件的形式告知全体学生考试结果的详细情况。

　　这些作为基本规则在纸上写得很醒目。纸上也记载了更加细微的事项，像是关于规则说明或者禁止事项等。比起无人岛考试，这次考试有更多的注意事项。

　　然后，接下来的内容就是那四项注定的"结果"。

结果一：除了小组内优待者及隶属优待者班级的同学之外，假如所有人都回答正确，学校将会支付所有组员个人点数。（隶属优待者班级的同学都会各自获得相同点数）

结果二：除优待者及隶属优待者班级的同学之外，假如所有组员之中有人没作答或者回答不正确，学校将会支付优待者五十万个人点数。

这规则感觉实在非比寻常……重要的是目前我们还不清楚考试内容，因此考试的结构还不是很明朗。博士和轻井泽觉得纳闷，明显地歪了好几次头。

真岛老师见状，就用不变的语气开始进行补充说明：

"这场考试中有一个要点。只要理解就没什么了。这个要点就是'优待者'的存在。这名优待者的名字，也就是考试的答案。事情很简单。好比说，幸村，假设你作为优待者被选上好了，那么兔组的答案就会是'幸村'。之后就只需要将答案和所有组员共享。接着，在考试最后一天晚上九点半到十点之间作答，所以到时候所有组员只要写上'幸村'再发送邮件给学校就好。这样小组就会及格，成绩是结果一。全体组员都会收到五十万点的报酬——考试构造就是这样。作为引领组员至结果一的奖赏，学校甚至会向优待者加倍支付一百万点数。"

"一、一百万！好棒……"

"所有组员都能得到五十万点吗？而且若是优待者的话就会加倍……"

无论谁都会想要这笔巨额报酬。优待者会得到双倍报酬，因此优待者在整个年级里，应该也会作为大财主而一口气跃居首位吧。

"接着是结果二……这是被学校通知为优待者的学生不把这件事告诉任何人，或者是诱导大家选择假的优待者，一直到考试结束时真面目都没被识破的情况。就如纸上写的那样，只有优待者才会被发放点数。金额为五十万点。"

这真的是考试吗？说夸张点的话，结果一和结果二并没有那么大的不同。因为无论哪一种结果，优待者所在的班级都会得到巨款。除了不想给其他班点数这理由之外，选择结果二并没有好处。

"这还真是狡猾！要是没被选上优待者还真是个损失！不管选哪个，都可以得到点数呢！而且其中一种还高达一百万！"

轻井泽好像非常希望自己能被选为优待者。

这是理所当然的反应呢。因为那是优待者，所以从一开始待遇就很特别。

不，优待者实在是太得利了。正因为很有利，所以才会叫"优待者"吗？

不过结果有四种，而不是两种。未揭晓的那两个应该有什么机关。

"老师，第三和第四种结果是什么？"

"你们理解刚才我说明的两项结果了吗？如果没有理解的话，就没办法往下进行。"

"嗯，没问题……请您告诉我们。"

真岛老师喘了口气，接着如此说道：

"剩下的结果写在资料背面。不过，请你们等会儿再翻面。"

我们停下不禁想把资料翻过来的那双手。

真岛老师用锐利的眼神凝视着逐渐开始对规则有所了解的我们。他的模样就像在诉说考试从现在就已经开始了。

"等一下，我跟不上。"

这是很简单的说明，可是轻井泽话都只听一半，因此无法理解。

她在考试上的成绩本身并不像须藤或池他们那么差。

"我再浅显易懂地说明一下吧。你玩过狼人游戏吗？"

"狼人游戏？流行过一阵子呢。我玩过，很有趣呢。"

但我对初次听闻的名称藏不住困惑。

"绫小路同学。你该不会不知道狼人游戏吧？真是难以置信。"

我没听过的名字也没办法啊。既然它命名为"游戏"，与其说是自己玩的东西，不如说它是多数人一起玩的吧。这和我扯不上关系呢……

轻井泽也察觉到这点，对我投以怜悯般的眼神。

"怎么说呢？没朋友还真是悲伤呀。"

轻井泽得意地双手抱胸，开始进行狼人游戏的说明。

"朋友们聚集起来，分成村民和野狼，然后存活下来的那方就获胜，大概就是这样。你懂了吗？"

不，我一点也不懂！

这样就能理解的话我说不定就是神或佛了，又或者是这之上的存在。

看不下去的真岛老师感觉心情有点沉重，开始说明起详情。总结起来是这样的。

被称作狼人游戏的东西，原本是美国的游戏厂商制作的派对游戏。玩家人数原则上没有限制，只要有最低人数，游戏就能成立。游戏里会有与人数相应的"村民"、"狼"等职责，玩家可以扮演任意一种角色。此外好像也存在着各式各样的职位，不过最重要的是"村民"与"狼"存活。狼会装扮成人类，并伪装成村民。游戏里有两种时间。白天里，包含狼装扮的村民在内，所有人都会进行对话，并处决大家觉得会是狼的嫌疑犯。到了夜晚，狼就可以捕食一名村民。游戏会重复这一过程，逐渐减少人数。最后达到能够决胜负的人数时，就可以决定胜负。简单来说，就是这样一种游戏。

不过为何需要拿狼人游戏来打比方呢？如果用目前的规则来思考，那狼和人只要互相合作以结果一为目标就好。也就是说，这场可以理解成是人对抗狼的考试内容，应该还隐藏着些什么吧。

"我刚才说过小组里只有一名优待者，如果马上被曝光优待者的身份，就会出现新的两种结果。"

"那些结果……就写在资料的背面吗？我们可以翻面吗？"

真岛老师点头表示允许。于是我们同时把资料翻过去。

只有以下两项结果，在考试期间二十四小时都随时受理作答。另外，考试结束后的三十分钟之内也同样受理作答。不过无论是在哪个时段，只要答错都会受到惩处。

　　结果三：若优待者以外的人在考试结束前向学校说出答案，而且作答正确，作答学生隶属的班级就会获得五十点班级点数，同时学校将支付回答正确的学生五十万个人点数。反之，被识破优待者身份的班级就会受到扣除五十点班级点数的惩罚。而小组考试在这个时间点就会结束。再者，与优待者同班的学生若作答正确，学校会把答案视为无效，并继续进行考试。

　　结果四：若优待者以外的人在考试结束前向学校说出答案，但是作答错误，弄错答案的学生隶属的班级就会受到扣除五十点班级点数的惩罚。优待者在获得五十万个人点数的同时，优待者隶属班级也将获得五十点班级点数。考试会在作答错误的时间点结束。再者，与优待者同班的同学如果作答错误，答案则会视为无效，不予以受理。

剩下两项结果明朗了考试的全貌。

　　只有结果一和二的话，优待者要和全体组员共享答案，或是自己保持沉默都是自由的。即使弄错答案大家也不会有惩罚。

　　但学校却在这里把"叛徒"加到规则上，考试内容便因此发生了巨大的变化。

　　要是粗心大意暴露自己就是优待者的话，马上就会

被叛徒猎食。既然二十四小时都受理作答，那谁也不会
乖乖地以结果一作为目标，并等待考试结束。想必大家
都会争先恐后地为了点数而展开行动吧。

　　而优待者为了自己获胜和陷害其他班，可以想象优
待者会故意让其他人装成优待者。报酬金额虽然会减
少，不过却能给予其他班惩罚。

　　"这次校方也考量了关于匿名性的问题。考试结束
时，学校只会公布各组结果，以及各班的点数增减。换
句话说，我们不会公开优待者或作答者的姓名。另外，
如果你们有顾虑的话，暂时发放汇款的临时 ID，或是分
期取款也都是可行的。只要本人保持沉默，考试之后也
不会被人发现。当然，假如你们认为没有隐瞒的必要，
光明正大地领取点数也无妨。"

　　虽然学校考虑得很周到，但要在这场考试中找到优
待者可以说是极为困难的。对方可能会为了独占巨款，
不告诉同班同学自己就是"优待者"。也有可能会和自
己共享答案，却满腹谎言。好比其实幸村是优待者，可
是他却诱导我去认为博士或轻井泽才是优待者，或是也
可能让我误会其他班学生才是。然后，考试难易度将会
因为班级里有无优待者而戏剧性地改变。也就是说，我
们彼此之间将会发生残酷的刺探和欺骗的事情。

　　"第三、第四项结果和其他两项不同，所以才会记
载在背面。这次的考试说明到此结束。"

"呃……感觉好像似懂非懂欸。"

"呼呼，小生也有些混乱是也。"

"真是群没有理解能力的家伙。之后我会说明，别再给真岛老师添麻烦了。"

幸村是想获得内申成绩①，而如此对轻井泽他们叮嘱道。

这场考试或许确实近似于狼人游戏，可是也不能这样一概断言。狼占优势是事实，但村民也被赋予有机会射杀狼的生杀大权。要是判断有误，村民之间甚至会互相残杀。

我试着在脑中重新细细咀嚼规则。

首先，除去一天休假的话，考试时长为三天。比无人岛考试时长短。

校方把全体一年级学生按一定的人数分成干支数量的十二组。然后，各组虽然混杂着不同班级的学生，但彼此之间却是伙伴。每个小组人数会稍微不一样，但都是十四个人左右。接着，每组都有一名优待者。那名优待者一开始就会被告知"自己就是优待者，以及自己就是答案"。换句话说，就算优待者不参加考试，也注定会获胜。

因此，剩下的学生要是找不出优待者就无法通过考试。

当然，缩小目标范围之后再随意乱猜也可行，但是

---

① 指日本升学选拔时，向志愿学校提出的参考成绩。

假如猜错，惩罚就会相当严厉。

若将通过考试的具体方法简洁地做整理的话……

1 全体组员共享优待者身份，并且通过考试。

2 最后某人答错，优待者获胜。

3 叛徒发现优待者身份。

4 叛徒误判优待者身份。

大概是这四项。不过问题是这四个结果的报酬完全不一样。

要达到"全体组员共享优待者身份，并且通过考试"，作为大前提，我们必须等到考试结束后，以及叛徒被允许作答的时间过了之后，所有人回答正确才行。这是个优待者获得一百万，其他组员全都获得五十万点的破格报酬，可是它的难度极高。而且无论是谁都有很大的可能背叛他人。大家都会想在被背叛前先行背叛，并且获取报酬吧。因此，要想达到这项结果是很困难的。

接着"最后某人答错，优待者获胜"，则是在小组里互相刺探优待者身份，却没成功猜对其真面目的情况。这应该是极有可能会发生的事情吧。许多学生都不喜欢背负风险，所以要是没有把握，就不会成为叛徒。况且，所有组员要统合答案很困难，优待者要隐瞒其身份也很简单。所以只要默不吭声应该就不会被人发现真面目。再加上，优待者还会被支付五十万个人点数作为报酬。成为优待者这件事，无疑是张通向幸福的门票。

只不过，这里也存在看不见的缺点。在考试中，组内应该会进行多次讨论或者互相刺探。优待者必须编造一个自己不是优待者的谎言。因为即使考试的匿名性很完美，也还是要看个人的努力。根据情况不同，优待者也有被自己班级或者其他班级怨恨的可能性。

第三个则是"叛徒发现优待者身份"。这是个以某种方法得知"优待者"真面目的学生不等考试结束，或是在考试结束到晚上九点半之间发邮件给校方，而且回答正确的方法。厉害之处在于考试开始不久就可以马上结束考试，而且叛徒可以得到决定班级排名的五十点班级点数。再加上，自己还会获得五十万点个人点数作为报酬。换言之，欺骗其他班级，可以对自己的班级有所贡献。这应该是最理想的一种结果。

最后是"叛徒误判优待者身份"这个风险最大的结果。

假设误判优待者，答题者班级就会受到扣除五十点班级点数的惩罚，而且学校还会给优待者所在班级发放班级点数与个人点数。这是个最让人想避免的结果。

老师说这场考试是在考验 Thinking……也就是思考能力，而实际上确实如此。这场考试也蕴藏着与无人岛时无法相提并论的危险性。有十二组也就代表着有十二次结果。依据这次考试的结果，最坏的情况是有可能产生无可挽回的巨大点数差距。反之，我们也有可能一举逆袭成 A 班……当然不会这么快就改变班级排名，不过光是有这种可能性就很厉害了。

正因如此，学校制定的规则也比无人岛考试更加严格。

"禁止事项应该都写得很详尽了。请大家仔细阅读。"

> 禁止偷窃他人手机，或者威胁恐吓他人来确认关于优待者的消息，或是擅自使用他人手机发送答案，否则会被退学。

这是在上回无人岛考试中所没有的规定。

而且，学校还明确表示如果发现可疑行径将会进行彻底调查，因此再怎么样应该也不会有人违反规则吧。当然，校方也同时表示，谎称自己受威胁同样也有可能被退学。校方应该会在幕后监视着一切吧。

> 考试结束之后要立刻解散，并且在一定时间内禁止和其他班学生交谈。

　　这次考试的禁止事项与无人岛考试的禁止事项类似，我毫不费力就记下内容了。

　　"你们从明天开始，下午一点、晚上八点都要去学校指定的房间。当天房间前面会挂着写有小组名称的牌子。请你们初次见面时，务必在房间里自我介绍。进入房间后，不允许考试时间内离开房间。请你们上完洗手间再过去。万一身体不适，请立刻联络班主任，提出申请。"

　　"不可以出房间，那我们要在那里待到什么时候才行呀？"

　　"说明上有写吧。每次一小时。除了初次的自我介绍，剩余的时间你们可以随意使用。时间到了，你们可以继续留在房间，也可以离开房间。"

　　也就是说，行动或谈话内容全都交给学生吗？

　　"虽然很麻烦，但大概理解了。如果这是更开心一点的考试就好了呢。"

　　"还有校方为了公平起见，小组里的优待者将会进行严正地选择。不管有没有被选为优待者，我们都一概不受理变更优待者的要求。另外，禁止复制、转发、变更学校发来的邮件。"

　　这在禁止事项中也写得很详尽。主要就是不允许学生把学校发来的邮件随意窜改，并且滥用于欺骗他人。反过来说，学校发来的邮件是百分之百的事实。只要给同学看，就可以完全获得对方的信任。

"……"

"喂，绫小路。你一直沉默不语，你有好好理解考试内容吗？"

左侧的幸村像是在担心又像是在愤怒。

"大概理解了吧……我不懂的地方之后你再告诉我吧。"

"真是的，为什么我的小组里尽是这种废物啊……"

老师下令解散，同时命令我们离开房间。身边传来带有厌恶感的话语刺痛着我的心，但是我装作没听见。

"虽然这并非我的本意，不过既然我们同组，首先要团结起来。我们四个接下来再商量一下……"

幸村一走出走廊，就提议要进行讨论。轻井泽把他的话当作耳边风，拿起手机背对着我们迈步而出。

"轻井泽！你听见我说的话了吗？"

她完全不把幸村放在心上，并且开始打电话。

"啊，喂？平田同学？我有点事希望你听我说……"

她大概打算向平田诉说自己心中的不满吧。她轻快地走着，接着消失踪影。

"真是的，为什么我的小组里尽是这种废物啊……"

"这句台词，刚才你也一字不差地说过了哦！"

快乐的巡航之旅到此结束，第二回合考试即将开始。

尽管这是我预料之中的事，但我对这紧急事态也藏不住叹息，打算先回自己的房间。

"事情变麻烦了是也。没想到在下居然会跟那种恶女分配到一组。"

不见轻井泽身影，博士就口出恶言。他平时就会说自己想去二次元的世界，或者老婆就是要二次元的才完美之类的话。也不是不能理解他会对身为现实女高中生的轻井泽产生排斥反应。

"老实说我也觉得她很讨厌呢。再怎么想她都会扯后腿。"

"对呀。她是个让人难以原谅的恶女，是个恶女中的恶女是也。"

博士好像很同意幸村的发言一样，一面抚摸凸出来的肚子，一面说道：

"说不定早上我们之中已经有人收到被选作优待者的邮件了。无论是发给我们之中的谁，都别贸然告诉彼此。毕竟隔墙有耳，等我们到确定安全的地方再互相报告吧。"

"虽然轻井泽不在，但是为了明天的考试我还是想事先讨论。我想就算只有我们三个讨论也是有意义的。"

"很抱歉，在下无法回应这份期待。在下接下来必须去看《Love Love Alive》的动画，所以就抱歉了。那么就在此告辞。隐身！"

博士并没有像忍者般迅速消失……而是慢吞吞地离开了。幸村看着剩下的我，就放弃似的叹气，摇摇头。他似乎并不想找我讨论。

既然如此，我先告诉堀北我这里的情况吧。我想事先知道她是否会被告知和兔组一样的内容。我把详情发给了她。

之后就先等堀北的报告，再拟订作战计划吧。

4

我回到房间睡了一个懒觉。我在朦胧之中听见声响，于是就从床上起身，但并没看见和我同寝室的幸村和高圆寺。

"抱歉，吵醒你了吗？"

在我身旁整理行李的平田有点抱歉似的抬起头。

他穿着校服，正准备出门。

"我并没有睡得很熟，别介意。"

虽然我没说出口，但我先解除了即将响起的闹钟。因为不管怎么样，我本来就打算去看看堀北的情况。

"我们一起走吧？今天收到学校的邮件，快到我集合的时间了。"

现在快到晚上八点半了。不知是偶然还是必然，这和堀北被叫去集合的时间相同。

我没什么理由拒绝，于是就这样穿着运动服和他一起出了门。

"奇怪的考试似乎要开始了呢。虽然我有种不祥的预感。"

他是打听到什么消息了吗？平田好像已经理解了考试内容。

"是幸村同学哟。刚才吃饭的时候他告诉我了。他也说了兔组的事情。另外大家似乎都会接连收到考试说明，已经有好几个人来找我商量过了。"

幸村应该不太喜欢平田，他应该是为了尽量提升胜率吧。假如预先连考试内容都理解，那接受考试说明时也比较容易得到启发。幸村听了平田的话，说不定也会察觉到一些事情。

这是理所当然的事情，但意外地是个很困难的行动。

我真想效法他那种坦率地向比自己更优秀且有人望的对象寻求帮助的行为。

"绫小路同学，你自己有没有察觉到什么事情呢？可以的话，希望你可以告诉我。"

"不知道欸，我不像堀北或你以及幸村那样想方设法在应考，毕竟我的脑筋也不是很好呢……我没察觉到什么。"

我摇头回答自己没有想到什么，而平田也就没再问下去了。

"我在意的事情……应该就是为什么会分散进行考试说明。这样做确实可以避免混乱和纠纷，但是如果考虑到效率，那么进行大致的说明之后再分散宣布组别，才比较不费事。"

"经你这么一说，我也这么认为。同时和所有学生说明概要，之后再马上通知分组结果，效率好像会比较高呢。"

平田的疑问有道理。校方故意采取了效率低的方法。

校方从考试说明阶段起就考验着"Thinking"也是相当有可能的。

"我打算等会儿先试着问问老师。"

齿轮究竟会不会顺利咬合呢？我完全无法想象平时为了D班奔走的平田会如何思考让我们与其他班组队的这条规则，以及他将会如何展开行动。

5

由于考试说明会的地点，就在我们房间下方的二楼，因此我们没有使用电梯，而是从楼梯走了下来。相较于刚才我自己下来时，现在可以看见相当多的学生。其中有学生靠在墙上，也有学生边玩手机边坐着。而且也有人不像是接下来要接受考试说明的样子。

"看来……不是所有人都跟我同组呢。"

乍一看也有将近十人。考虑到时间，八点四十分的小组有几成学生已经进了房间也不奇怪。也就是说，这些人是有什么其他目的吗？是在确认谁隶属哪个小组之类的吗？不过，他们也没必要花这种时间和精力。只要之后和同学交换情报，马上就可以得到所有组别的详细信息。

他们看了眼错身而过的我们，接着就马上操作起手机，好像在输入着些什么。遗憾的是，在这里的人我几乎全不认识。而且因为我从来不曾打算去记住他们，所以就连他们是哪个班级的也不知道。

"刚才擦身而过的那位是？"

"他是A班的森宫同学，另外在电梯附近的是C班的时任同学。"

他真不愧是社交面广的男生，牢牢记住了其他班学生的长相和名字。

傍晚我下来的时候人还挺少的。

还是说，这些家伙就像是在等待预约网红店一样，不一早就开始等待心里就不舒畅呢？我心想若是这样那就轻松了，并且同时迈出步伐。

我和平田一起来到目的地，然后就发现数名男女生正聚集在房门附近。当中也有收到和平田集合时间相同的通知，而且看起来很眼熟的同班同学。因为还没到集合时间，我们就没有大声喧哗，静静地靠近了那一群人。

"如果我没误会的话，你是八点四十分的组别吗？"

我们最先听见的是有些低沉的嗓音。这是A班学生葛城的声音。他拥有不像是高一学生的沉稳性格，是个很冷静的人物，而且体格也很好。初次碰见他的人说不定还会把他误认成大学生。他的能力很强，即使在最优秀的A班之中，也有许多把他当作领袖仰慕的人。

"就算是这样……这跟你又有什么关系呢？"

面对这样的人物，拥有一头黑长发的少女毫不畏惧地如此答道。

"果然啊。我一直都想再次和你说上话，这真是好消息。我也是八点四十分那组的。明天开始我们就会作为同组彼此协助了。"

葛城看着的那名少女，其真面目就是堀北铃音。

看来平田不仅和堀北，好像也和葛城同组。

"想和我说话？真可笑。上次见面时，你好像没把我放在眼里呢。"

堀北和葛城在无人岛考试中曾经对峙过一次。不过当时葛城对堀北并没有兴趣，甚至不打算好好和她说话。但现在却为之一变，变成葛城来向她攀谈了吗？

集合的成员，有三名应该是和葛城同样都是A班的学生。稍微保持距离在一旁听他们说话的应该是C班的女生。

"老实说我至今确实都没把D班放在眼里。不过上次考试的结果，让我不得不去注意了。最重要的是，布局取胜的人是你。"

这抢眼的程度应该是第一学期结束前她本人也没想象过的。就葛城的角度看来，他应该会觉得洞窟前的对话也是堀北战略的一环吧。

堀北在D班大幅提升了身价，这几天仰慕堀北的女生也增加了。虽然遗憾的是，堀北并没有因此增加朋友，不过像以前那样伤到对方，或是惹怒对方的事也减少了。

其理由似乎是因为同学把这误会成"堀北虽然任性，却在替班上着想"。这么一来，堀北的拒绝也会给人一种完全不同的语感。即使遭受堀北拒绝，对方也很难生气，甚至还会让人觉得她有点可爱。

但是，在其他班看来，堀北就不光是成绩好的优等生，他们还会把堀北当成反将对手一军并且留下"战绩"的危险学生，把她当作该去戒备的存在。

"虽然不知道会是什么时候······但假设D班升上C班，想必A班将会毫不留情地击败你们吧。"

"真是自顾自的说法呢。以A班看来，这也没什么吧？因为A以下的班级在点数上正大幅地被拉开差距呢。"

"的确。不过你们无疑成为了要去戒备的对象。要从已经定出一次优劣的位置关系中逆转并不容易。假如情势会发展到班级交替的程度，那我们就不得不戒备了。这点B班或C班也都一样吧。"

他就像是在说自己会瞄准D班攻击一样。被当成是威胁也没办法。葛城的跟班就像在表示赞同，威吓地瞪着堀北。假如她是普通女孩子，这状况即使哭出来也不奇怪。不过，堀北丝毫没被镇住。

不过，某个人的存在改变了堀北孤立无援的情况。

一名男生无声地经过我们身旁。

"连其他班的意向都擅自断言，这不是件值得称赞的事情呢。"

是B班一名叫作神崎的学生。尽管作为男生，他的头发有点长，不过他一点也不轻浮。他有着正直的长相以及性格。我对神崎并不怎么了解，不过感觉B班领袖一之濑也很信任神崎。神崎在暑假之前曾经和堀北扯上过一次关系。他因此察觉堀北其实脑筋转得很快。神崎为了袒护堀北，而劝诫了葛城。

"你不必理会葛城。"

这名优秀的男生帮平时并没有特别要好的堀北绅士地解了围。

"不用担心我。要是葛城你可以收回贬低D班的话，那我倒是很欢迎。"

"原来如此。对隶属D班的你来说，无法接受被人无礼地对待呢。我班上的确有不少瞧不起D班的人。不过，因为无人岛的那件事，那种看法毫无疑问地被改变了。"

虽然葛城做出认同D班、认同堀北的发言，但还是马上恢复了一如既往的傲气。

"然而，我希望你别因为一次偶然的成功，就认为我们已经地位相当。"

"你这是什么意思？"

"无论是谁，都会有一次自己很满意的成绩。你最好不要因为自己的战略偶然成功一次就得意忘形。我希望你别忘记现在班级点数的差距还是很明显的。"

就算在考试中获得一定的班级点数，也并不能就这么简单缩短差距。

葛城把极为理所当然的事情再次说出口。堀北当然也很清楚这点吧。

重要的是这并不是自己的功绩，现阶段堀北完全没有喜悦或者欢欣鼓舞的样子。她为了不让我的存在被发现，而硬是表现得态度高傲。

当然，这应该是因为她觉得这对自己有利吧。

"才入学没多久，我不觉得我和你有这么大的差距。这只是校方擅自评断并且分班而已。你别忘了这点。"

看见堀北这威风凛凛的气势，神崎应该会觉得自己刚才多嘴了吧。

"平田，你或许被卷入很不得了的组别了欸。"

"是呀。如果和葛城同学或者神崎同学同组，我想一场苦战一定会到来。"

"不，不只是这样。"

"咦？"

那家伙就像在强烈散发自己的气场，而用力踏着地板，走过神崎刚才经过的地方，前往堀北他们身边。

"呵呵。这里真是聚集了相当多个小喽啰欤。"

"龙园？"

葛城的语调冷静，表情变得有点严厉。神崎也绷紧了表情。

"你也是在这个时间被召集的吗？还是说，你只是偶然走到这里的呢？"

"遗憾的是，我好像跟你们时间相同呢。"

龙园率领了三名学生走过来。

这副模样酷似葛城，不过情况却完全不同。

尽管是小规模，但他们就像是国王和家臣。家臣露出非常畏惧的表情，并表现得安静、顺从。

"你们接下来要表演余兴节目给我看吗？以美女与野兽为题，怎么样？"

龙园交替看着堀北和葛城，小声咯咯笑。面对挑衅，葛城再度冷静地反击。

"我以为这组都是集中了成绩很好的学生，但只要看见你和你同学，我就知道或许不是这样呢。"

"成绩？真无聊。那种东西没有任何价值。"

"这真是令人遗憾的发言。成绩优秀与否，可是左右将来最重要的要素。你应该知道日本是个学历社会吧？"

葛城面对这种闹着玩的态度抛出了正论。然而，龙园也不可能会轻易认可。

这笨蛋说了这种话，你们怎么看？——龙园吃惊地用肢体语言如此传达给跟班。跟班们机械般的表示赞同。

"我不打算原谅你的蛮横。"

"啊？蛮横？你到底是在指什么啊？我没印象欸。说详细点嘛。"

"……算了。既然这次我们同组，应该也有时间慢慢说。"

他们没等考试开始，就即将展开龙虎对决。

"咦？平田同学？而且就连绫小路同学都在。你们一群人聚在一起，是怎么了吗？"

当我保持距离倾听大人物们的对话时，栉田露出好像很不可思议的表情走了过来。考试内容还没在D班里传播开来吧。

"难道说，栉田同学你也是八点四十分的小组？"

"嗯？小组？我不太懂欸。邮件中说要在这个时间过来……这里好像聚集了很厉害的人欸。"

　　栉田一面感到惊愕，一面对集合起的人们表示敬意。

　　"没问题吗，平田？我想这会变成一场相当严酷的战斗哦。"

　　"我一点也不介意哟。无论他们是怎样的人，我只要做自己力所能及的事情就好。"

　　平田抱着彻底的正面态度如此回答。栉田虽然不了解情况，但这家伙的脑筋很好。她通过我们的对话以及集合的成员，就大概掌握了情势。她好像也从我在很早的时间就被集合的事，感受到我们都已经理解了情况。

　　"也就是说接下来的考试会很不容易对吧？"

　　"是这样没错。你最好先做好心理准备哦。"

　　"啊哈哈，没问题哟。虽然这是平田同学说过的话，不过我也是只要去做自己力所能及的事情就好了呢。我也没怎么跟葛城同学或龙园同学说过话。真想像平常那样，和他们搞好关系呢。"

　　栉田对于即将到来的考试并没有表现出紧张或厌烦、喜悦或痛苦等情绪，而是如此答道。

　　"你如果想继续这无趣的话题，那就容我先失陪了。时间差不多了。"

　　堀北对龙园他们丢下一句冷淡的话，转身离去。

　　我最欣赏堀北的地方就是她不会作贱自己。精神层面脆弱的人，假如被对方当作绊脚石，或是假如被孤立的话，无论如何，想乞求对方原谅或者低头请对方让自己加入的倾向都会很强烈。而如果这是当场组成的小组，那就更是如此了。

不过，堀北一如往常，一点也不焦躁、不为所动地待在那儿。

"看来不用我担心了呢。"

当然，虽然不知道她能和那些对手交战到什么地步，但是即使如此，她应该也不至于会受挫吧。

"你好好加油吧。"

我对接下来要和那些家伙互相竞争的平田同情地说道。

千差万别的想法

早餐时间。我避开人气自助餐，朝着甲板方向走去。位于甲板的咖啡厅"Blue Ocean"早晨几乎没有学生的踪影。我在那间咖啡厅里阴影遮住而且没有人烟的深处桌位坐着等人。现在是早上七点五十五分。

在约定时间前大约一分钟左右，那名人物就一如既往地摆出那张没有丝毫感情的扑克脸出现。

"你还真早呢。"

D班同学堀北铃音。她是我的同桌，也是我学校里为数不多的其中一个朋友。然后，还是个多少知道我背后隐情，非常有才干且棘手的人。

"我可是等了一个小时。"

我故意捉弄她。

"现在还没到约定时间，所以没问题吧。就算你想提前十个小时等，也都不关我的事。"

嗯，我不该开玩笑的，这只会显得自己很没趣。

"……你什么也没委托我做，这样好吗？"

"嗯，现在没有必要。比起这个，我们来继续昨天的话题吧。"

堀北不喜欢通过手机对话。昨天收到我的信息后，她并没有和我报告自己的情况。她唯一发的消息，就只有在这里会合。

　　如果这是个为了叫我出来的策略，那还真是相当了不起。

　　"所以说，被学校召集以及考试说明，两组都是一样的吗？"

　　"和你所说的完全相同呢。十二个组别、四项结果。还有早上八点会发送邮件宣布优待者。若要举出不同，大概就是负责说明的老师不一样吧。"

　　"你的小组组员人数是？"

　　"你要是看了一定会很惊讶。因为这极端到让人不觉得是偶然。"

　　堀北这么说完，就有点忧郁地递给我一张纸。看来她好好记住了其他班的成员，做了笔记。我收下纸张，看了看组员清单。组名是辰，换句话说就是龙。当我看到上面记载的人时，就明白她为什么这样说了。

　　A班：葛城康平、西川亮子、的场信二、矢野小春。

　　B班：安藤纱代、神崎隆二、津边仁美。

　　C班：小田拓海、铃木英俊、园田正志、龙园翔。

　　D班：栉田桔梗、平田洋介、堀北铃音。

　　首先，从D班选出的果然就是平田和栉田。他们是代表班级的两名优等生。除去太过高傲的这点，堀北毫无疑问也是与这两人不相上下的人才。老实说，这应该是目前D班的最强组合吧。虽然我以为应该会再多加入一名组员，但好像并没有这样。光就潜能来说，高圆寺拥有压倒性的实力，可是就算他加入这组应该也无法成为战斗力吧。

我不知道那家伙在哪一组，也不知道他有没有在指定时间去房间。

"原来如此……把这个编组视为必然会比较好。"

A班是葛城，而B班选出的是神崎，C班则是龙园。每个班的代表学生都在这个小组。

这就像是足球联赛预赛里面的死亡之组。

"不过也有一些不自然的地方欸。"

B班的一之濑不在龙组而是在兔组，让我感到有些不自然。

"你是指你小组里一之濑同学的事情吧。不过，真正知道她有多优秀的应该也只有B班吧。领袖资质和优秀程度是不成正比的。"

"你是在说你自己吗？"

我被她锐利地瞪了一眼，于是就移开了视线。不过堀北说的话也有一番道理。

我们并非完全了解一之濑的能力。

例如，她的成绩意料之外地不是很好——这也有可能呢。

"十二个小组是按照一定的规律来分的吗？绫小路同学和轻井泽同学的成绩相当……难道是按照学习成绩来分组的吗？啊，不过幸村同学的成绩与高圆寺并列在前呢……"

堀北一边回想期中、期末考的成绩，一边开始推理。

"我和博士，还有你和平田之间都多少有差距吧。这无法消除不自然之处。"

如果学校纯粹按照成绩分组，照理高圆寺应该会在最前面。当然分组与成绩有关这一点应该错不了，我们把它看成是附加要素吧。可以的话，我真希望可以看其他组的名单，事先知道规律性。

"不管怎样，要统率这个小组并抢先取胜都会很辛苦呢。"

组内若聚集了这么多能力广受好评的人，对稳健派的堀北他们来说，不能说是很有利。尤其她和龙园水火不容，我可不希望他们互相碰撞……

可是就算我把这点告诉堀北，她也不会轻易接受我的建议，所以我还是保持沉默吧。反之，我觉得堀北和葛城那种性格易懂的人之间，应该会有场很好的对决。

他们之间纯粹是靠脑力就获胜的单纯关系。

"差不多到指定时间了呢。真的会收到邮件吗？"

早上八点，我们的手机连一秒的误差都没有几乎同时响了起来。我们随即确认收到的邮件。我们两个几乎同时读完内容。堀北接着毫不犹豫地横放手机，将屏幕朝向我这里。我也把手机朝向堀北，两人一面互相比较画面，一面确认详细内容。

　　经过严正的调整，你并没有被选为优待者。请你以小组一员的身份来行动并且参加考试。考试将于今天下午一点开始。本考试将从今天起举行三天。龙组的学生请至二楼的龙房间集合。

我和堀北的邮件内容几乎完全一样。

不同组别当然就会有一部分不相同，不过剩下的段落都列着相同内容。

"文字一样。总之，假如被选上优待者，邮件上就会是'你被选中'吧。"

我边收起手机，边端正坐姿。

"看来我们两个都没被选为优待者呢。不知该高兴还是该悲伤。"

"是啊，毕竟若是优待者，根据其做法，做出的所有选择都会被原谅。"

优待者无疑是压倒性地占优势。

只要贯彻扑克脸就有可能获得五十万点。

"话说回来，这真是封让人不高兴的邮件呢。这种说法仿佛是在说我没资格当优待者一样。"

尽管隶属死亡之组，她也认为自己是最优秀的吗？真不愧是堀北啊。

"这场考试……有没有被选为优待者，将会有很大的差别。优待者之外的学生，全都不得不为了找出优待者而奔波。而且，校方说不会有缺点，但那是骗人的。优待者如果不在自己的班级，就会有很大的可能与其他班级拉大差距。"

正是如此。D班什么都不做的话，虽然也不会被扣分，但最终在班级点数上就会产生很大差距。我们在无人岛上缩短的差距很有可能被再次拉大。

"领袖水准的家伙们都已经构想了数个战略。如果不事先就定好如何在这场考试中取胜的计划，那情况可能会变得无可挽救。"

"我知道。"

堀北仿佛在表示"这不用你来说"，用有点焦躁的眼神看着我。

我也想好了如何应考的方案。

只要把自己的小组成员与考试构造结合起来思考，自然而然就会看得见考试结果。

"……你看得见这场考试的结果吗？"

堀北观察着我的表情，有点客气地询问道。

"连名字都不知道的学生会采取怎样的行动，如果不直接见面，也会有忽略的地方呢。不过，我认为自己已经想到通往胜利的方法了。"

只不过，这当然不是能够胡乱实行的作战。

我必须斟酌为了达到目的所累积的各项要素，还有开始着手的时机。

"我会期待结果的。"

"我也是。"

话说回来，这还真是让人感到奇怪的邮件欸。"严正的调整"是指什么？

这独特的措辞应该不是偶然。真岛老师也说过同样的话。

换言之，优待者是经过调整才选出来的。也就是说被选上和没被选上者之间确实有差距。

我隐约有点在意"调整"这个措辞。但现在知道的只有每组都有一名优待者，换句话说，就是一共十二名优待者。

"作为参考我想问一下，你现在最戒备的人是谁？从开学到现在，我想各班的主力大致上都已经弄清楚了。"

堀北的注意力被吸引到与这场考试的本质有些不一样的地方去了。她被分配到最严苛的组别，所以这也无可厚非。

"是龙园。"

"你真是毫不犹豫呢。"

"除此之外没有其他选项。"

"葛城同学呢？正因为有他在，所以 A 班在无人岛才会马上就占领了主要的据点。还是说，以你看来他是个不值得戒备的人物呢？"

"以高一学生来看的话，他当然非常优秀。假如你问我'最优秀的是谁'，我就会回答是葛城吧。但我戒备的对象，绝对会是龙园。"

无人岛上的考试获胜班级确实是 D 班。龙园有不足之处也是事实。

龙园那家伙的想法有些地方与我相通，所以招数很好猜测。

但反过来说，龙园也有很大的可能性察觉我的意图。

我不想被他知道堀北的活跃表现和我有关。

"关于优待者，我有个在意的地方。校方的邮件中不是有个让人会觉得不自然的地方吗？就是这个严正的……"

堀北话说到一半，我就把食指竖在嘴唇前，打断了她的话。

说曹操，曹操就到了。

"天气真好呢，铃音。今天你也和跟屁虫一起吃早餐啊？"

两人组一边露出无畏的笑容，一边走了过来。

对方正是话题中心的C班龙园。另一人是……

"我不是劝你别擅自叫我的名字吗，龙园同学？还有……你被别人看穿自己在装乖，结果就跟着龙园一起行动。你还真是干脆呀，伊吹同学。"

龙园身旁有个女生用有点强势的眼神瞪着我们。她是和我同样都在兔组的伊吹澪。

"……"

虽然被堀北挑衅的伊吹好像很不服气，不过她没打算反驳，而是轻轻咬着下唇。龙园斜眼看着她这副模样，满意地露出洁白的牙齿。伊吹在无人岛考试中以间谍身份混进了D班。虽然最后她被堀北抓住狐狸尾巴，但听说她们直接拳头相向了。堀北强烈主张要是自己没有身体不适是不会输的。不过哪方比较强，现在就先放在一边吧。总之，让优秀的伊吹闭上嘴的，就是眼前的龙园。他的态度就像是在嘲讽人。

"我想邮件已经寄来了。结果如何啊？你们当上优待者了吗？"

"我怎么可能告诉你。还是说要是我问你，你就愿意告诉我？"

"如果你希望的话。"

龙园坐在两张空椅中的其中一张椅子上。

"但在这之前，说吧。你是怎么在无人岛考试中取得那种成绩的？"

"不管你问什么，我都不会告诉你。"

堀北面对扰乱人的话语也以冷静模样应付对方，完全没有动摇。在她的动作中，完全感受不到半点虚假的部分。真是了不起的演技。虽然她本人不觉得自己是在演戏吧。然而，就算面对这天衣无缝的应对，龙园看起来并没有接受。

"总觉得有哪里不太对劲。从这家伙的报告来看，你在无人岛上并没有特殊的举动。"

"我还没有蠢到会被她看穿。她也只不过是让发烧的我陷入苦战而已。"

伊吹对这露骨的挑衅藏不住焦躁，而逼近了堀北。

"既然如此，我们现在就在这里再次交手吧。"

冷静的堀北对被粗劣挑衅刺激的伊吹说道：

"很不巧，我拒绝。如果要问为什么，因为暴力行为违反考试规则。如果你要打过来，那我就会不客气地告诉校方。即使如此你也无所谓的话，那就请便吧。"

"唔！"

伊吹用向前揪住堀北衣领的气势，缩短了与堀北之间的距离，不过她在眼看就快要抓到之前停手了。

要是在这里贸然作出暴行，一定会受到学校的制裁。

最重要的是，位居其下的伊吹在龙园面前无权任意行动。

伊吹就算讨厌龙园，也非常器重他的才能。正因如此，她上次当间谍潜进来时，才会遵从龙园的判断行动吧。

"难得有这个机会，我就点杯咖啡吧。若是现在的话，喝起来会很美味。"

堀北罕见地心情不错，向店员点了一杯咖啡。她也顺便帮我点了一杯一样的咖啡。龙园他们没有要离开的样子，还想继续之前的话题。

龙园沉默地观察着堀北。等咖啡送来之后，他便再次开口：

"看昨天的情况，葛城相当戒备你欸。"

"这也没办法呢。因为他没想到 D 班的我会拥有这般实力。这点你和伊吹同学也一样吧？正因为你戒备我，才会来偷看我的情况。不是吗？"

"我不否认。我来这里确实是为了确认你的实力。"

"我想也是。"堀北说完就喝了一口咖啡。她表现得煞有其事，真是不可思议。

"我和葛城的想法不同。我猜有其他人掺了一脚呢。"

"要怎么想都随你便，不过你有什么根据吗？"

"无人岛上的考试，以及其结果，还有过程。只要了解考试内容，这些就都不是很困难的事情了。然而，

在那种情况下想到这种办法，并且可以付诸实践的人是很有限的。不像是你这种书呆子能想到的战略呢。"

"要怎么想都随你。可是你知道我定下的战略是怎样的内容吗？无人岛上的考试中，我们被告知的就只有结果。如何获得、失去点数，都是保密的。"

对于总是冷静还击的堀北，龙园觉得既有趣又好笑，而露出了洁白的牙齿。

"葛城那家伙应该不了解吧。"

换句话说就代表着龙园了解。

"那么能请你说明吗？你要是答对的话，要我回答你也是可以。"

"如果是我能回答的问题。"堀北打算补充，龙园却无畏地笑了出来。

"考试结束时，我虽然写下了你的名字，可是结果是错的。理由只有一个。考试结束前，领导者变成了别人。除此之外没别的理由了。"

"你以为这样就算是看穿？这种事只要动下脑筋思考谁都知道。就算是那个你瞧不起的葛城同学也是呢。"

"嗯。不过，那家伙认为一切都是你一手的计划。可是真的是这样吗？在我看来，你变成领导者以及弃权都是意料之外。说起来，要展开那个作战，就需要像伊吹这种其他班的人物潜入自己的班级，为了知道领导者身份而花时间确认卡片的存在。这可不是一开始就能构思好的战略呢。"

"你就不觉得是我采取的保险手段吗？以防万一，可是基本中的基本呢。我在伊吹同学来D班前，就已经把这件事情也纳入考虑了。仅此而已。尽管你信心满满，却漏洞百出呢。我对你的发言一点都不吃惊。"

"最要紧的是，那名更换的领导者是谁。我推测那名领导者就是在幕后与你有所牵扯的人呢。"

龙园如此断言，接着一面看着堀北，一面静静观察着我。

我不知道他认真到什么程度，但我要是在此表现出动摇，就会被一举攻破。

"我不太能理解呢。很不巧，我并没有像样的朋友。如果硬要说的话，顶多就是眼前的绫小路同学。我老是被他扯后腿，很难说他是我的协助者呢。这也是个悲哀的事实。"

堀北借由刻意强调我的存在感，反而帮我撇清了关系。

"如果我要变更领导者，他不就是最有可能的吗？"

"原来如此啊。"

龙园看了我一眼，随即别开了视线。

"哎，再怎么说也不会是这个跟屁虫吧……"

"你有什么根据吗？"

"和你联手的家伙相当聪明，但是这家伙并没有留下什么了不起的成绩。假如他拥有突出之处，也很值得怀疑就是了。"

"看来你好好调查过D班了呢。话说回来，绫小路同学，他可是相当瞧不起你呢。你不反驳吗？"

"要是我可以反驳的话早就反驳了。"

看来我的懒散品行奏效了。不知道龙园是怎么做到的，但他的语气听起来对我的基本成绩有所把握。但如果我的学习成绩、体育能力，外加沟通能力都是中等或者中下的话，也不会得到他的关注。

成绩是客观且实际的东西，所以没办法蒙混。

"抱歉，你说有幕后黑手的这件事，我只能说你猜错了。因为，这听起来就只是小孩子不高兴自己想出的作战计划被识破而找的借口。被女人看穿底牌，是件很丢脸的事情，对吧？"

"哈哈，确实如此呢。我想都没想过会被你看穿。我就坦率地承认结果和我料想的不一样吧。老实说我很惊讶呢。"

龙园对情况没有按照作战计划进行一事笑了出来，一点都不觉得难堪。不仅如此，他还说出了出乎我们意料的话。

"正因如此我才觉得遗憾。我很喜欢突袭或暗算这类战术。虽然我被你竟然会采取这类战术的意外性给打败，但这还真浪费。无论是铃音你，还是背后掺一脚的家伙，这实在是很愚蠢。你们不崭露头角，在私底下活动。可是现在就已经开始采取了行动。换句话说，你们太早让敌人看见你们的战略了。D班在班级间的点数竞争上已经慢了一两步。既然这样，该行动的时间点就应该在更后面。而且，你们也应该等到决赛再行动。也就是说，你们在野外求生考试上的行动，就像是在胜负未知的最初局面上使用了王牌。你们别以为同样的手法会轻易行得通。你去跟你们的王牌这么转答吧。"

"这可真是相当亲切的劝告呢。"

"我可是很慈悲为怀的。"

"你无论如何都认为除了我以外还有个幕后黑手吗？"

龙园没回答这个问题。他没有根据，也没有确凿证据，却对堀北说的这句话没有疑问。要说为何，因为这个叫作龙园的男人比任何人都更相信他自己。他从一开始就不打算接受别人半点建议或者责备。他想在这次对话中进行确认，但失败了。

他只是想和堀北闲聊，度过有趣又好笑的时光吧。

龙园拿出手机，擅自把手机背面朝向堀北。

镜头对准堀北，喀嚓一声，拍了一张照片。

"这是偷拍。"

"别这么说嘛。我告诉你一件好事。"

龙园让我们看他擅自拍下的堀北臭脸照，然后满意地收起手机。

"D班里除了你，毫无疑问还有个很聪明的家伙。"

"这根本不是好事。这件事情怎样都无所谓。如果你已经擅自做出结论，干吗专程来问我？"

"通过对话也能掌握一些情报呢。总之，能和你说上话真是太好了呢，铃音。这是场游戏。我马上就会查清楚在背地里行动的家伙。包括那个跟屁虫在内，所有人都是调查对象。"

"我懂你被我抢先一步的懊悔心情，但为什么你会这么执着呢？你应该还有其他对象要紧惕吧？例如B班的一之濑同学或者A班的葛城同学。还有个叫作坂柳的人。比我优秀的人不是有很多吗？"

堀北对把矛头指向D班的龙园，抛出理所当然的疑问。

"我已经知道他们的实力了。要我说的话，葛城和一之濑都不是我的对手。换句话说，只要我想击溃他们，我随时都办得到。"

"那么坂柳又怎么样？"

说出这句话的不是堀北，而是伊吹。

看来伊吹自己也想确认这件事。至今都没有语塞的龙园，首次沉默了一下。

"那女人是最后的佳肴。现在吃掉是浪费。走了，伊吹。"

龙园起身，带着伊吹离开了。

"堀北，你还真是一举成为话题人物欸。"

"我就不必说这是谁的责任了吧？"

"怎么，你不满意吗？"

"我并没有不满。我只是不喜欢你那种挖苦的说法。我原本就猜到自己会因为以A班为目标而受到注目。"

"那就好。算了，这就先不说了……好像不太妙欸。龙园果然是个无法用普通方式对付的人。"

"是吗？他不是因为不满被我看穿的这件事实，才来套话而已吗？我不觉得他会怀疑到你身上。再说，就算被识破真面目，困扰的也只有你。"

我当然也是遭受怀疑的其中一人，但最要紧的不是这件事。虽然现在无法得知龙园在想些什么，不过我把他在这个时间点出现当作是种危险。

"你说不定被监视了呢。这时机也太巧了。"

"……这意思是我被伊吹同学监视了吗？因为我很少外出，她如果是在房间门口监视，那会是件让人昏倒的事情呢。"

"他们在监视你，又或者是你偶然被发现行踪。如果是这样的话，那反倒省事了呢。"

伊吹身上看不见疲劳的模样。这也可能是别人在监视，不过从龙园带着伊吹这点上看，伊吹应该也牵涉其中。

这样的话，他们就是猜测"堀北今天早上八点会离开房间"。

　　从这里推出的结论就是龙园已经开始利用这次新的考试来拟定下次的战略。而堀北最先会合的对象就是我。

　　至少我在那家伙心中，已经被当成嫌疑犯候选人了吧。

　　"这是个失误啊……"

　　我虽然知道那家伙是个和我类似，而且脑袋聪明的人，可是我好像想得有点太天真了。我们在这次对话中，或许给了龙园超乎想象的巨大提示。要是我有沟通能力，就可以避免直接见堀北的风险了……

　　"你想太多了。谁也不会认为你在幕后参与。虽然他刚才也说过了，不过你在第一学期立下的凡人功绩，可不会轻易动摇呢。"

　　虽然我不知道这是褒是贬，但这部分确实很重要。

　　因为就算他再怎么调查我，我也没有任何突出之处。

　　通常不会有人无意地贬低自己。我应该在龙园的戒备目标之外。即使如此，从我是堀北最亲近的人物这点看来，我毫无疑问正受到他的瞩目。

　　再说，既然伊吹跟我同组，至少我会被她给盯住，要自由行动会非常困难。

　　现在学生们开始慢慢出现在甲板上，我站了起来。

　　"先结束讨论吧。我有点困，先回房间了。"

我以为她会向我寻求某些建议，但堀北很有骨气地如此说道：

"现阶段只凭讨论也没进展，我们只能各自往前走了呢。那么辛苦了。假如有进展，再麻烦你告诉我。"

堀北就算被强力阵营围攻也会战斗下去。伙伴契合度就姑且不说，不过若对象是平田和栉田，他们应该可以顺利与堀北合作。

我先回房间睡到中午吧。

虽然说考试已经开始，可是现在时间还没到，也没什么要做的事。

1

"让你们久等了是也。嗝！在下午餐吃了三个鳗鱼盒饭，结果吃得实在是太饱了呢。在下明明就打算节食，但却失败了是也。"

博士啪啪地拍打着比平时都还鼓的肚子，缓缓走过来。

这态度真不让人觉得他是那种想节食的人。

因为我和幸村同寝室，我们就一起出发了。

"接下来就要开始考试了，你还真是漫不经心欤。我反而都没怎么吃。"

"这样使不出体力，就会是个困扰旗了吧？"

"……我早就想说了，你能不能不要用那种奇怪的措辞啊？"

从不能接受博士语气的人看来，心情确实就像被施了咒语一般吧。不过习惯之后倒也不会去介意了。

倒不如说，他偶尔改变说话方式，对话还会很有趣。然而，如果我现在说出来，会招惹幸村的反感，所以我就先不去管他们了。

"您不喜欢'是也语调'吗？幸村殿下您偏好什么呢？"

就算奇怪的措辞惹人生气，但他一点也不为所动，继续说道。

"我没有偏好。我是要你正常地说话。"

"OK。现在开始，我就是最弱小却又最强大的主角。我要扮演平时没干劲，但其实拥有足以破坏世界力量的超人。我要赶上现在的流行！"

不知道博士是想到了什么。他好像觉得自己彻底成为了谜样设定的角色。我已经没办法理解他话里的内容。假如这是漫画，幸村的眼镜可能都出现裂痕了。

幸村随即放弃纠正博士的措辞，迈步而出。

我们快步地追了上去。

"绫小路，我有事想问你。老实回答我吧。"

博士好像自以为变成了某个主角。他的声音和表情

就宛如高仓健 ①。我把不禁想称呼他为健先生的心情忍了下来。

"你想问的是？"

"我想知道你喜欢哪里的方言。当然，我问的是如果由可爱的女主角来说，会让人听得很开心的方言。"

他只有说话方式变得帅气，内容和平时却没有两样。

"呃，我好像没有特别喜欢的方言欸。"

毕竟我在东京出生，而且在东京长大。

"难不成你不具有觉得方言很萌的属性吗？"

在这所学校里，究竟有多少学生具有这种属性呢？不过，这也算是抵达指定房间前的消遣。我就在此稍微附和他吧。

"那博士你有吗？喜欢的方言。"

"当然有。那么我就用排名形式发表吧。第三名是'但是，工藤！②'，是大家熟悉的关西腔！虽然容易给人带来严苛和难听的印象，但果然是王道方言。可说是兼具搞笑及俏皮，且不可或缺的方言。第二名是身处雪国的美少女——北海道方言！像'不会啦！③'等独特

---

① 日本男演员。

② 日文原文为せやかて工藤！

③ 日文原文为なんもさー！

说法，绝对会萌死人！在二次元里没那么广为流传的这点，在我心中排名第二！"

糟糕，他说的意思我几乎都不懂。

博士在我整理完思绪前，就擅自打算进入最后的发表。他震动嘴唇，发出"嘟噜噜"的计分音效，然后这么说道：

"第一名是从幼女到成熟女性都很适合的博多方言！从'你很喜欢对呗？①'，到'你喜欢我吗？②'，等等，不仅变化广泛，而且还有'我喜欢你哟！③'这种针对狂热爱好者的说法，可说是种广泛且多样的方言！这就是我的前三名！'"

很悲伤的是，我无法理解他话里的内容，只有热情成功传达了过来。也算是打发了时间。我们总算抵达二楼的房间，房门上挂着一张写着"兔"的门牌。大家是同时间开始考试，所以走廊上挤满了学生。即使如此也能容纳所有人，而且不让人觉得拥挤，应该是因为船只规模很大吧。

"要胡闹昨天已经是最后一次了。接着我们必须为了自己、为了班级而战。"

———————————

① 日文原文为好きっちゃんねー。

② 日文原文为好きとーと？

③ 日文原文为好きくさ。

我想这主要是针对博士做出的发言，但我也对幸村的话点头表示同意。

"……唉，不管看几次，我还是觉得这是个最糟糕的团队。"

盯着我们进房间的一名女生双眼往下看，移开了视线。她当然就是D班的"美少女"轻井泽。包含这名少女在内，房间里有十一名学生已经坐在排列成一个圆圈的椅子上。从空椅数量可以知道我们是最后进房间的人。虽然从清单上的名字无法知道对方是谁，除了一之濑和伊吹，其中还有一名我曾见过的学生。无人岛考试的时候，这个A班男生对偶然遇到的我提出背叛D班的提案。而剩下的男女生我都不认识。

这种与其他班合作的关系，是在校方要求下才形成的。

不只是D班，其他班级应该也很困惑吧。站着也很不自然，于是我们就在空椅上坐了下来。基本上我们都依班级聚在一块，但轻井泽和伊吹就像是离群孤立一般，跟大家稍微保持了距离。

"这是怎么回事……"

"怎么了，绫小路。你有什么在意的事情吗？"

"啊，不，没什么。"

我还以为轻井泽看见伊吹的瞬间铁定会逼问她。因为在无人岛考试中偷走轻井泽内裤的犯人，正是眼前的伊吹。

　　我以为她马上就会展开报复……可是轻井泽好像比我想的还安分。还是说，她们已经清算完毕了吗？

　　不，无论是哪一种，完全看不出轻井泽的愤怒还真是不自然。

　　这种疑问也不可能有答案。不久，考试开始的船内广播响彻房间。

　　"那么接下来开始进行第一回合的小组讨论。"

　　广播简单明了。也就是说，我们可以自由发言了吧。

　　当然，在组员身份不明的小组里，谁都不打算率先发言。寂静而又讨厌的沉重气氛蔓延开来。名为一之濑帆波的少女一面轻轻微笑，一面观察着这个情况。

　　她看了一圈确认谁都不做发言后就站了起来。

　　"好吧！虽然我已经大致上知道各位的名字，不过学校也有指示，我觉得先自我介绍会比较好呢。而且，说不定也有彼此是初次见面的人。"

　　看来她马上就以领袖、主持人的身份出面了。任何人都会对此憧憬，不过率先引领团体可不简单。彼此之间若是竞争对手，那就更不用说了。

　　一之濑不讨厌这样，反而很开心似的。A班学生们也藏不住惊讶，我感觉他们有点不知所措。

　　"事到如今还有必要自我介绍吗？而且，我不认为校方是认真的。想要自我介绍的家伙可以自己站起来，不是吗？"

"如果町田同学你想这么做，那我也无法强迫你。不过，这房间的某个地方或许有设置收音麦克风哟。到时候不利的就会是没做自我介绍的人，而且这说不定还会变成整个小组的责任呢。"

换言之，要是对小组不利，所有人都会伤脑筋。

被这么一说，叫作町田的 A 班学生也不得不屈服了。

以一之濑的自我介绍为首，大家开始绕一圈按顺时针进行自我介绍。正因为我在入学典礼那天自我介绍失败过，所以我在这里试着鼓足干劲。可是，结果我还是重复了入学典礼时的失败。

"呀！绫小路同学。我们同组欸，请多指教！"

一之濑对我抛出这种可以当作是安慰、慰劳的温柔话语。我接着坐了下来。在所有人都做完有点简短的自我介绍之后，一之濑再次开口说了话。

"那么，这么一来就完成学校的任务了吧？那么接下来的问题，就是要如何进行下去。如果有人不喜欢我担任主持人，能请你们说出来吗？"

"可以随时替换我。"一之濑如此表示。

假如在她这样说完后出面自荐，那接着当然就会担下主持人工作。应该也有学生对一之濑的做法感到不满，但他们好像害怕带头说话，或许之后会有出面的机会，所以没有举起手。

"既然没有异议，那就由我来进行喽。首先，在考试正式开始前，我认为如果我们有不明白之处或者疑点，以及在意的地方，大家就应该一起讨论。否则沉默就会一直持续下去。有人有疑问吗？"

很令人感谢的是，一之濑提议安排问答时间。可是大家都对发言本身抱有反感，还是没有人举手或出声。

不熟的人们聚在一起，经常会发生这种情况。能否在此无所畏惧地展开行动，应该也是个考验领导者素质的时候吧。一之濑手叉腰，以坚毅从容的模样绽放笑容。

"我有事想问大家，这是一件我想要以'大家都不是优待者'作为前提来询问的事情。你们是否认为这场考试全体通过，也就是追求结果一才是最好的方案？"

"什么呀？这不是理所当然的吗？"

对问题意图似懂非懂的轻井泽说出疑问。她甚至没有察觉到，小组里的组员能力强弱，就因为这个普通问题而定了下来。然而，幸村，还有Ｃ班名为真锅的女生也跟着附和。他们就像在赞同轻井泽，回答合作是理所当然的。

可能的话，谁都会想以结果一通过考试。Ｂ班一名男生，就像是在回应一之濑的提问，而慢慢举起手来。

清爽的蓝发轻轻摇曳。他是个体格瘦弱，长相有点中性的少年。我记得他的自我介绍，他叫滨口哲也。

"我当然也予以肯定。既然我们都组队了，我想合作也是当然的。"

话说回来，这是个很不错的问题。虽然部分学生没有察觉，但假如对方把这听成是无心的问题，就表示这个人不会是优待者。她一面确认大家有没有抱着积极、团结的态度，同时强迫优待者说谎。

对方如果顺利中计，那在这阶段说不定就可以锁定目标。

只凭这个问题就百分之百断言谁是优待者，当然很危险。轻井泽最早肯定一之濑抛出的话题。接着是幸村和真锅，以及B班的滨口。就算当中混着正大光明说谎的优待者也不奇怪。

我为了不中断这个趋势，也为了小心不破坏场面气氛，接着说道：

"我的意见相同。我们都难得同组了，再说我也很缺个人点数。可以的话，我希望大家一直合作下去。博士，你呢？"

博士吃太撑肚子不舒服，因而一直用手摸着肚子。他听见我问话，就震了一下肩膀。

"当然。我也想要点数，所以我会合作。"

博士还持续扮演着他那谜样的角色设定，而用我听不习惯的语气答道。

由男生组成的 A 班一行人，用疑问的眼光观察博士的这副模样。

他们就像是在观望小组里每个人的样子，而用沉着的态度提醒大家。

"一之濑，你这问题不是很狡猾吗？假如'自己不是优待者'的话，当然就会想去期待有好处的小组报酬吧。一般来说也不会有人光明正大地扬言自己会背叛。这样的话，你简直就是要阐明优待者与坏人。我实在不认为这是合适的问题呢。"

散发强烈存在感的男生町田用严厉的口吻说道。

相较于理所当然般听从一之濑意见的 D 班或 C 班，他明显很不一样。他对一之濑的发言抱着疑问，批判这就如同诱导式的盘问。

滨口听见这些话，就迅速且冷静地反驳町田。

"以考试来说，这应该是很恰当的问题吧？一之濑同学也没有说出必须老实回答这种威胁的话。你不愿意的话，不回答就好。"

滨口以冷静的观点箝制 A 班学生。

看来唇枪舌战早已开始。町田对滨口的反击不为所动。

"这样啊，确实如此。不愿意的话，只要不回答就好了呢。那么我们 A 班全体都保持沉默。"

町田双手抱胸，看着一之濑。A班的其他两人也贯彻了相同态度。其余尚未答复的学生，每个都受到其影响，而决定维持缄默。

"这是有点苛责的问题吗？"

一之濑对意想不到的抗拒反应露出有点伤脑筋的苦笑。

"不，我认为一之濑同学你的问题极为普通。只是他们的戒心比想象中还要强。不过町田同学，能请你告诉我，所谓合适的问题是指哪种问题呢？讨论喜欢的食物或者兴趣，我想跟考试也不会有任何关联。既然你要否决这个问题，又没有替代方案，那以我方立场来说，这也很难以接受。"

"替代方案？我才没有呢。"

町田间不容发地否定了滨口的意见。

"关于一之濑同学提出刚才的问题，我也不清楚。不过，我认为讨论才是这场考试唯一通往解决的道路。你们要这样贯彻沉默的话，考试不就会只有我们在讨论了吗？我希望你们至少一起思考我们应该讨论怎样的议题。"

就像滨口所说的。假如完全交给别人并且保持沉默，那我们就会无法锁定优待者。町田应该也很清楚这点，可是他却维持戒备，不作答复。

"这样的话，虽然不是我的本意，不过根据情况不

同，我们将会以少数服从多数的办法来决定到底谁是优
待者。大家会怀疑不愿回答问题的人，说不定还会乱猜
优待者。这样你能够接受吗？"

一之濑纯真地从正面向前冲撞名为A班的城门。堀
北也有类似的想法，但决定性的差异就是一之濑可以和
周围人携手团结。她会一面获得周遭赞同，一面战斗。
因此她在这种情况下会发挥非常强大的力量。实际上，
既然超过半数都已经跟随一之濑这方，那一之濑就握
有这个场合的主导权。这看似简单却非常困难。就我所
知，除她之外这所学校没人能这样做。葛城或龙园他们
应该也都办不到吧。过于为伙伴着想的平田或栉田也没
办法。

"你这是威胁吗？"

"别误会哟。我们只是想讨论而已。虽然要说什么、
要回答什么都是自由的，但我希望你们可以积极参加到
这场考试中来。"

町田看起来无法理解，并难以想象似的喃喃说道：

"这场考试真的可以通过讨论解决吗？难道你认为
优待者会在讨论过程中轻易承认身份？还是说，只要从
头到尾低头拜托，优待者就愿意告诉大家自己的身份？"

原来如此啊。看来A班的战略已经定好了。从语气
推测，我不认为这是他刚才独自想到的战略。我在町田
身后隐约看得见某个男人的身影。

"那么，你有其他办法吗？"

十之八九是没有。正因为一之濑这么确信，所以她才会提问。

然而，对A班而言，这正中他们下怀。

"有。这是个简单的可以为大家带来好处又能通过考试的方法。"

A班学生既不烦恼也不犹豫，如此开口。

一之濑和滨口对这句话也藏不住惊讶。

"那你能告诉我吗？你所谓的方法。"

"当然。毕竟我们同组呢。"

町田说出自己，不……是说出感觉好像是A班全体想到的作战方法。那是极为单纯的方法。

"我们推荐的应考方法……就是从头到尾都不讨论。"

内容就连轻井泽或者博士都可以轻易理解。

"这想法还真独特。你说不讨论，那么如何攻克这场考试呢？你允许无人知晓的优待者就这样获胜吗？"

对于A班的方法，滨口抢在一之濑发言前插嘴。

"是的。不做多余讨论来结束考试，才是通往胜利的捷径。"

"一时之间真叫人难以相信呢。这样的话，就算A班被大家认为有优待者也是没办法的事情。难道你们在这个阶段就共享了优待者的情报，并且打算保护其身份？"

自己班上有优待者——只要共享这个秘密，就没必要参与讨论。滨口的意见应该是任谁都会怀有的疑虑。

"优待者在哪个班级，这种事怎样都好。只要不进行讨论就绝对能赢。这就是葛城同学提倡的做法。"

"葛城同学？原来如此呀。"

一之濑听见葛城名字的瞬间，好像也得到了一个答案。町田开始对不知所云的幸村他们进行说明。

"这场考试只有四种结果。大家应该都还记忆犹新吧。因此，我想请所有人思考。各位认为这场考试中，最想避免的结果是什么呢？"

町田像是在询问答案，而随意指名似的对轻井泽抛出这句话。

"呃……小组中有人识破优待者身份，并且背叛大家？"

"正是这样。叛徒的出现，一定会导致小组败北。叛徒答对也好、答错也好，无论哪种都是小组败北。那么反过来说，除此之外的情况会变得怎样？"

"你的意思是说其他结果不存在负面要素吗？"

"对。剩下两种结果中没有缺点，不会缩短或拉开班级点数的差距，优待者还会获得大量的个人点数。再者，我们也不必特地找出优待者。我们会因为讨论而去怀疑周遭每个人都可能是优待者。我认为犯下错误才比较危险。"

"在一定程度上，这个办法确实可行。但既然不知道优待者在哪个班级，班级之间的点数差距也有扩大的可能性。假如优待者的分配很集中，都固定在一个班级呢？好几百万点就会流进那个班级。这对班级点数应该没有影响，但是大家应该都察觉到个人点数的重要性了吧。连讨论都不进行就要接受那种结果，到时大家一定会深受打击吧。"

假如变成滨口所担心的那样，这就会成为一个大事件了吧。

个人点数在这所学校里也有各种使用方式，会变成平时的零用钱就不用说，还可以购买考试成绩，甚至拥有能够升上A班这种万能力量。既然不清楚优待者的班级分配情况，就不可能实践这种作战。这就是滨口的主张。

然而，这招对A班同样也不管用吧。如果对象是葛城，那他应该已经察觉到学校安排的"结构"。若不是这样，他就不可能提议这项战略。

"只要稍微想想就知道，学校不可能进行不公平的分配。考试开始之前，学校还不停地强调公平性，强调到让人厌烦。虽然我们没办法无视'小组只存在一名优待者'的事实，可是这并不太重要。'每个班级的优待者人数都一样'这件事实才重要。假如允许优待者集中在特定班级，那么在考试开始的时间点就会产生莫大的不公平。这有可能吗？不，不可能。上次的无人岛考试，学校也维持了公平性，对吧？A班和D班的起跑线都一样。这点毋庸置疑。"

葛城提倡的是——因为各班优待者人数相同，所以没有必要寻找。因此才要大家都不作讨论，让所有班级都获得相同点数来结束考试。

滨口对意想不到的提议一时语塞。

"的确……学校强调公平性是事实。只要相信这点，我认为这想法确实没错，但即使如此，这还是不可靠呢。"

尽管很勉强，但滨口的回答已经竭尽全力了。

学校不会贸然把优待者集中在一个班级。这推测很简单就能做到。

"我想你也了解。进行讨论然后欺骗、击溃对方，会导致小组关系变得乱七八糟吧。你想想。找出优待者并且全体答题正确，或是叛徒独自获胜的作战，报酬确实很诱人。然而，我们也会背负较大的风险。在这场不透明的考试中，我们一点也不必勉强自己。"

"是呀，我认为你们说得没错。这确实是个不错的办法。"

一之濑肯定并接受葛城拟出的作战计划。町田露出得意的表情。不过，一之濑没有全盘接受。

"但是，这计划如果要实践，可是会意外地辛苦欤。不对，这或许会比讨论还要更辛苦。不进行讨论、不怀疑对方、不背叛——全体一年级学生都必须遵守。而且，因为优待者的匿名性受到学校保障，因此这也考验着同学之间的信赖。虽然优待者只要在考试结束时出面，并在班上共享点数就好，但优待者不是也可能独吞吗？"

自己班级上有一部分学生成为隐藏富豪，这心情应该很复杂吧。

"我们A班缔结了完全的信任关系。这点我们一点也不担心。内部问题只要在内部解决就好。"

这作风很像是贯彻防守的葛城。这是筑起屏障般的战略，执行起来很辛苦而且难度相当大，但可以取得看得见的成果。只要不讨论就好，是任何人都办得到的简单计划。这也能说是反过来利用学校计划的"摧毁考试计"。

"这样不也很好吗？在下觉得这没有任何问题是也。只要考试结束之后，班上再进行讨论、分享点数，应该就万事大吉了是也。"

博士不知为何回到了原本的语气。从他开始，C班也开始接受这个方法。名叫真锅的女生表示赞同。

"我也赞成呢。所有人统一答案可以拿到最多的点数，可是要是有人背叛或说谎，那就完了。通过讨论来找出优待者并不实际呢。"

幸村也继续做出思考的动作，但他没有要反对的迹象。不，应该说他讲不出反对的意见吧。

町田感受到大家的回应，于是微微露出洁白牙齿，笑了出来。

"原来如此。确实就如町田同学所说的那样。考试结束后的问题，是在于各个班级吧？"

一之濑双手抱胸，环视一遍自己的班级，还有 D 班、C 班。

"可以让我询问所有人的意见吗？首先，赞成的人，麻烦你们举下手。"

D 班的幸村和博士举起了手。除伊吹外，C 班的学生稍微烦恼后，也都纷纷举起手。伊吹从考试开始前到现在都这样双手抱胸完全不动，而且也不做发言。

"伊吹同学，你觉得怎么样呢？可以的话，能请你告诉我你的意见吗？"

"没有，现在我没任何想法，你们继续吧。"

看来她不打算表达意见。她和 C 班三人的立场明显不同。

从真锅她们没有惊讶或觉得可疑看来，这应该是伊吹平时的态度吧。

"我知道了。这也是你个人的想法呢。那么轻井泽同学，你觉得怎么样呢？"

"我……老实说我有点不满意。就算会得到点数，点数会不会到我手上又是另一回事了呢。不过，就算讨论也不一定会获得点数……起纠纷也很麻烦。我就想赶快结束这种考试，然后赶快去玩。"

轻井泽的发言，意外地影响到其他学生。

"滨口同学，你们怎么想呢？"

"我们全权交给你。"

B班两名学生对一之濑的信任坚定不移，用力点点头。

"谢谢。那……绫小路同学，你是怎么想的？"

一之濑询问把答案保留到最后的我。

"这样不是很好吗？好像已经有超过半数人同意，而且我本来就不擅长讨论。"

我以赞成意见催促通过此案。不过……一之濑不可能就这样老实认同葛城的提议。

不，假如她在此轻易随波逐流允诺，B班的前途就会是一片黑暗。

因为葛城想到的战略中隐藏着让人难以接受的理由。

"那就这么决定了。"

"等等。町田同学的……不，葛城同学的方案确实不错。不用怀疑任何人、不用说谎、不需要互相伤害，而结果上大家就会平等地获得点数。我也了解许多人认同的理由。但能不能请你们好好想想呢？这项作战方案虽然让人觉得没有缺点，可是我认为这是只有Ａ班才能实践的作战方案呢。我们看不见的缺点，正沉重地压着我们呢。"

沉入海中那艘名为"猜疑"的潜水艇浮了上来，海面溅起白色水花。

"看不见的缺点？那是什么？"

幸村没考虑到那部分，用很着急的语气询问一之濑。

"每个班级都存在相同数量的优待者。如果以这件事作为前提，我认为单在这场考试上，通过不讨论的方法，就能获得大量点数。换句话说，这样作战就只会有优点。然而，除Ａ班以外的学生，不就白白浪费一次说不定可以翻身的机会了吗？"

"这……"

"我们不知道特别考试在毕业前会举行几次。我们和Ａ班之间的差距也很明显。假如每逢考试就持续这种作战，班级的最终排名也会一直不变。"

我明显可以看出幸村听了之后表情就渐渐僵住了。

仿佛是在说——为什么我没发现这种单纯的事情呢？

町田巧妙地用言语诱导大家，让大家只会以"得失"这点来判断。

正因如此，幸村才会不考虑先后，就思索哪种办法比较有利。

"我没办法轻易浪费掉宝贵的机会。即使能够获得一定的成果。"

"看来一之濑同学已经得出了结论。我们也持同样的意见。"

"等等，一之濑。我知道你想说的话。但若是那样，对班级有利的结果就只有一种。就算所有人都答对，这组所有人只会平等地获得巨款。事情也不会变成你希望的结果。还是说，B班打算进行讨论并找出优待者，再马上背叛大家吗？你刚刚才问大家是否期望结果一。你说的话实在让人无法相信。"

"你说不会缩短班级差距，但这是不对的哟。我们这组中，D班和C班是四人，B班和A班是三人。换句话说，假如以结果一通过考试，差班不就可以缩短与好班之间的差距了吗？"

"的确如此。不过你们B班在他们之上，难道能接受这点吗？牺牲自己让差班获得利益，应该没什么好处吧？"

"若不这么做，也许就会让A班顺利取胜呢。万一优待者在A班，这就非常棘手呢。"

要是能确定A班没有优待者，一之濑也不必奋不顾身。

　　然而，只要有这个可能性，她就必须坚持讨论。

　　"我的意见也一样。让A班顺利取胜这想法可是不行的呢。"

　　他们在听到葛城提倡的方案时好像很惊讶，但从现在一之濑和滨口的语气看来，我应该把他们的焦躁态度，或沉思动作都当作是在装模作样才对。

　　要是不预先商量对策，是想不到这点上的。

　　正因为他们非常了解A班，所以才有办法说出那些还击的话。

　　这么一来，大部分举手赞成过的学生应该都会变成中立，或是倾向一之濑他们那方吧。

　　这场面就像是——一之濑率领的B班，和町田率领的A班之间的一对一厮杀。

　　D和C班，以跟随两方中的哪方作为主轴，专心聆听他们说话。

　　而那个主轴，现在应该靠向了B班。

　　"那么你们要反对这个做法吗？我丑话说在前面，A班的方针已经定好了。无论如何，我们都不会回应讨论。你要团结起来讨论的话，就随你们便吧。"

　　A班三人站起来走到房间的角落里。

　　这代表着剩下的时间都随便我们。

　　现在A班成员恐怕都在所有小组中采取相同行动。葛城在第一天的讨论中，就使出可以说是"终极坚守作战"的招数。

这样一来，假如 A 班中有优待者，要找出来的话就会变得非常困难。

"那我们该怎么办呢……"

一之濑轻轻挠挠脸颊，然后坐在只剩下三个班级的学生围成的座位上。

"我不想把你们当作外人，但如果这是你们班级的方针，那就没办法了呢。啊，不过要是你们想参加讨论，可要说出来哟！"

虽然她温柔地搭话，但 A 班就像是已经没兴趣似的不作答复。

"A 班不参加不是就没办法找出优待者了吗？"

对状况变化感到着急的幸村，逼问般地对一之濑抱怨道。

这态度真不让人觉得他到刚才为止都打算站在 A 班那一方。

对幸村来说，他不想让逐渐掌握住势头的 D 班吃亏。

"假如优待者就在 A 班，或许要锁定单一对象就会很不简单呢。不过，单论概率的话，优待者就有四分之三的概率在我们这边哟。再说，就算不晓得优待者是'谁'，只要知道优待者'在哪一班'，不就有办法了吗？"

一之濑判断只要先锁定优待者在哪个班级就好，而不是要一口气找到。不，正确来说，她想要知道优待者是否在A班里。

"他们拒绝讨论，那我就坦白说了。假如优待者在我们这三个班级里，我认为就算隐瞒到底，也都没关系。不过，如果优待者在A班，我希望你们可以在查明这件事的时候，同时去思考我们该怎么做。"

一之濑面对葛城的作战方案，大胆地强力出击。她告诉我们，希望三班结盟，缩小优待者的范围。

"……我无法信任你。"

拒绝这件事的人是幸村。接着，C班的真锅也表示拒绝之意。

"假如A班之中有优待者，那我们真的可以找出来吗？这不是很困难吗？"

"现在应该还不必想那么远吧。我认为先锁定优待者在哪个班级，这件事情才最重要呢。"

从优待者角度看来，三班合作的锁定行动应该很可怕吧。

"我突然想到，就这样持续对话的话，接下来说不定可以想出更棒的点子呢。毕竟考试才刚开始。要不要采取别人的方案，慢慢决定就好了吧。"

不管是否定町田，还是否定一之濑，找出优待者本来就是任何人都无法办到的事。

因为他们都是抱着各自的想法在行动。滨口也说过，没有替代方案就这么抱怨是很不公平的。

我先不慌不忙地观察别人的态度，再采取行动吧。

沟通能力差的人在这种情况下无论如何都会慢半拍。这是很可悲的事情，不过我就不要着急，慢慢来吧。

"唉，你是轻井泽同学吗？我有事想问你。"

C班的女生真锅，认为讨论可能难以进行，就随即向轻井泽攀谈。

轻井泽没想到自己会被指名，不知所措地从手机上移开视线。

"什么事？"

"假如不是我误会的话……你在暑假前该不会和梨花起了纠纷吧？"

"啊？什么？梨花是谁？"

"她是和我们同班的一个戴着眼镜的女生。你不记得了吗？"

"我不认识。你们认错人了吧。"

轻井泽觉得这与自己无关，就再度将视线落在手机上。

不过，下一句话让轻井泽淡然的模样产生了变化。

"这不是很奇怪吗？我们确实听见了欸。她说自己被D班一个叫轻井泽的女生欺负。她说自己在咖啡厅里排队，结果被你插队然后撞飞。"

"……关我什么事。再说你要干吗？你对我有什么不满吗？"

"没什么，我只是确认一下而已。如果这件事是真的，我希望你去道歉。梨花是那种会自己默默承受一切的人，我们必须替她讨回公道。"

看来轻井泽不仅在 D 班，在外面也是个问题制造者。C 班在许多方面也是个麻烦的对手，要是被盯上可是会很棘手。轻井泽下定决心无视，但真锅看见这情况，好像很焦躁，于是把手机对着轻井泽，似乎想拍照。

"我可以和梨花确认吗？假如不是你的话，就没问题了吧？"

这时，轻井泽突然抬起脸，用手甩掉真锅拿着的手机，其力道比想象中还大。真锅的手机被打飞，掉到地上滚了好几圈，滑了出去。

"你干什么啊？"

"我还想问你呢！你不要擅自拍我。我不是说过你认错人了吗！"

两人的争论逐渐升温。一之濑在一旁看着她们。她是在试着辨别哪方是善，哪方是恶吧。

"要是手机坏掉怎么办！"

"什么怎么办，只要去跟学校讲，再换一部不就好了。"

"里面可是放了很重要的照片欸……"

真锅急忙捡起手机，用怀有恨意的眼神瞪着轻井泽。C班两名学生从头看到尾，像是要援助真锅般逼近轻井泽。

"什么啊……你们想说我不对吗？"

"如果是我认错人，你也用不着这么郑重其事地否认吧！让我拍啦！"

"我都说了不要……"

我还以为轻井泽会更强硬地和真锅起冲突，但她却意外地被动起来。与其这么说，倒不如说她强硬中夹杂了一些胆怯。是我的错觉吗？

"你不是因为觉得愧疚才否认的吗？"

真锅好像打算强行拍照，而想把相机镜头对准轻井泽。C班的两个女生一边看着这种情况，一边开心地笑着。可是C班剩下的那一人——伊吹，只有她的态度有些不同。她对真锅她们投以鄙视的眼神。

"真像个笨蛋。"

"什么叫真像个笨蛋？这跟伊吹同学你无关吧。你和梨花并不是朋友。"

"是呀，这的确与我无关。所以我只是说出身为局外人的感想。"

伊吹这么说完，就双手抱胸，低垂双眼。真锅好像不满意这种态度，但没有直接对抗伊吹，而是转向对轻井泽大呼小叫。这恐怕是因为她和伊吹在C班里确立了明确的上下关系吧。

"总之我要拍你。"

"我不要！快跟这个人讲点什么啦。"

轻井泽不知道是想到了什么，凑到A班学生町田身旁寻求帮助。

她就像是在求救，而坐到町田的旁边。

"未经允许就拍照，真是不能原谅欸。町田同学你觉得呢？"

"……是啊。真锅，轻井泽不愿意，你就别这样了。"

"这跟町田同学你没关系吧？"

"就我刚才所听见的，不对的人是你。轻井泽都说不认识了，你就不能强行断言吧。再去和朋友确认一次会比较好。"

平心而论，町田说的确实有道理。我懂为了确认真相而想要拍照的心情，但既然她本人都拒绝了，擅自拍照就是没有礼貌。

真锅应该也很清楚，因此也只能作罢。即使如此，真锅对这件事很有把握，而表现出无法认同的模样。

"不要找我麻烦啦，真是的。谢谢你，町田同学。"

轻井泽用有点尊敬的眼神往上看着町田。A班虽然在考试中和组员保持距离，但好像也未必全然如此。虽然竹本他们似乎觉得这有点无趣。

"……我只是做了理所当然的事情。"

町田有点害羞地答道。他是有预感自己要展开新恋情了吗?

轻井泽已经有平田这无可挑剔的男朋友了呢。

只不过,我总觉得C班一部分学生和轻井泽的关系,日后很可能会成为问题的导火线。

2

结果我们没有任何进展,学校要求的一小时讨论时间就这么过去了。学校广播通知我们可以自由活动,也就意味着我们可以自行解散。

A班学生随即成群结队离开房间。

"我们先走了,你们自便吧。"

他们陆陆续续走了出去,房间再次被一片寂静笼罩。

虽然一之濑驳回葛城的提案,但她没有往下进行讨论。

她还隐瞒着什么吗?又或者其实她什么也没在想呢?就让我看看你的本事吧。

"还有五次讨论的机会,这次就先散会吧。"

一之濑用爽朗的声音如此说道。

简单说,她是觉得空出时间,让大家有各自讨论的时间会比较好。

　　眼前突然间出现处理不完的大量信息，至少 D 班的成员都有点疲倦。C 班的状况也一样吧。暂时结束是个不错的想法。

　　"我要回去了。哇!"

　　轻井泽疲惫怠地站起。她坐着的时候脚应该是麻掉了吧，所以站起时身体便向前倾斜。

　　"痛!"

　　跳着走路的轻井泽因为急忙中想防止自己跌倒，结果不小心狠狠踩到真锅的脚。当然，真锅因为这剧痛而发出了惨叫。

　　"吓我一跳。抱歉抱歉。"

　　轻井泽简单道完歉，就这样走出了房间。

　　"那、那家伙搞什么呀!"

　　真锅因痛楚与轻井泽的态度而怒火中烧，她一面把矛头指向剩下的我们，一面离开了房间。我们当然不可能负起什么责任，于是就撇开视线逃避她。

　　"那我们也回去吧。我正好有件事想问平田呢。"

　　其他班级正迅速地在展开行动，幸村也想赶紧召开作战会议。正确来说，因为自己班上没有正经对象能够商量，这也可以说是个痛苦的抉择。

　　博士也像在回应这点一般缓缓站起。

　　结果在房间里留到最后的是 B 班的三个人及伊吹。

"我肚子饿了。自助餐不知道还有没有。"

你居然一小时就消化完毕，这是怎样的身体构造啊。说起来，你就是因为这样吃东西才会胖。不过我这种内心的建议是不会传达过去的吧。

"喂，幸村。你不觉得轻井泽的样子有点奇怪吗？"

我试着说出我在第一场考试结束之后感到疑惑的事情。幸村摆出狐疑的表情。

"那家伙的样子一直都很奇怪。"

虽然很直言不讳，但这实在一针见血。不过，我想问的不是这种事。虽然只是有异样感的程度，但我总觉得在哪里很奇怪。那异样感的真面目就连我都不知道……

博士好像也没有发现什么特别的事，我就暂且忘了这件事情吧。

为了屏除杂念，我打开进房间之前都关着的手机。结果收到佐仓发来的消息。我看了看内容，她说如果有空的话想见个面。

"正好呢。"

我刚好也想听听平田或堀北以外的人对这场奇妙考试的感想。通过了解佐仓被分派的组别，说不定能有意外的收获。

"要在哪里碰面好呢？"

总之就约在昨天相同的地点好了，这也很方便。

　　我回复她后，就立刻收到佐仓表示了解的消息。现在应该到处都挤满了学生吧。假如人很多，也不会有人注意我们。我自然而然就熟习了落单者在人群中也能生存的手段。因为第一回合的小组讨论刚结束，电梯前人潮汹涌。

　　考虑到电梯一次只能搭载十个人，走楼梯会比较快。

　　我就这样直接下楼梯，走向甲板。手机在途中收到了新的消息。

　　　　人开始变得有点多，我绕去了船头那边哟。抱歉。

　　"噢……佐仓不太喜欢人多的地方啊。"

　　我接着朝船头方向前进。船内虽然充满奢华的设备，不过船头这边就只有眺望景色的宽广甲板。因此，这里人烟稀少。

　　现在看来这里没人，可以独占宽广的甲板。

　　然而，即使是在这种可以独占的甲板上，佐仓也躲在角落里等着我。大声叫她也很奇怪，于是我就慢慢靠近了她。

　　"……是这么想的……你觉得如何？"

　　嗯？随着慢慢缩短与佐仓之间的距离，我听见她好像在喃喃地说着话。

声音顺着风传了过来，但音量本来就很小，所以我也听不太清楚。

"请、请你和我……那个……约、约约、约……"

我还以为她在和谁说话，但景致很好的甲板上并没有其他人。

她手上也没拿着手机。有点可怕。

"佐仓？你怎么了？"

我尽可能不要吓到她，温柔地向她搭话。

"会!"

佐仓吓得整个人跳起来。

"你、你你、你是什、什么时候到这里的!"

"什么时候？我才刚到而已。"

周围果然没有任何人，就连像是小动物那样的东西也没有。

换句话说，佐仓刚才说话的对象是幽灵，或者幻想中的朋友。应该就是其中之一了吧。

"你听见了吗？你听见我说的话了吗？"

"断断续续听见，但我实在听不太懂你在说什么。"

佐仓因为我没听清楚的事情而放下了心。

"所以，你把我叫出来的理由是？"

"呃，那个，所以，啊……对、对! 我因为这次考试的事情很烦恼!"

佐仓用非常沮丧的模样递出了一张纸。我收下纸张，看了看名字。

A班：泽田恭美、清水直树、西春香、吉田健太。

B班：小桥梦、二宫唯、渡边纪二。

C班：时任裕也、野村雄二、矢岛麻里子。

D班：池宽治、佐仓爱里、须藤健、松下千秋。

D班被分配到牛组的人是……噢，这还真是刺激。

男生抽出的是须藤和池，让我不得不同情佐仓。

要是我在她身边，还能帮她圆场，但这次连我也帮不了她。

只要到了小组集合时间，就会被强制分开，她只能孤立无援地战斗。

虽然我可以偷偷通过手机帮助她，可是考试里如果总是做出那种不自然的行动，也会马上被周围的人发现，甚至会影响考试。

"我想过我要是认识其他班的同学就好了……可是我一个认识的人都没有。"

能够依靠的人之中，我只想得到一之濑或者神崎。

而一之濑来到了我的组，所以没办法帮佐仓了。

如果是须藤和池的话，我也无法把佐仓托付给他们呢……

"抱歉……都是因为我没有像样的朋友。"

"啊，这不是需要道歉的事情哟！我才是完全没朋友！"

虽然这是很没出息的事情，但我们两个最后开始比拼起谁比较底端。

我大致上自夸完我们都没朋友后，就切换到其他话题了。

"话说回来，我也有点事情想要问你，可以吗？"

"咦？问我？什么事？"

"我在想讨论结束之后，山内有没有向你攀谈。"

"山内同学？不，他没有来找我哟。怎么了？"

"这样啊。"

我在无人岛上的考试中利用堀北时，也间接利用了佐仓。我为了让山内采取行动，于是就贿赂山内会把他怀有好感的佐仓的电子邮箱告诉他。

当然，我不可能未经允许就告诉山内佐仓的电子邮箱。关于这件事，我至今都还没有和山内说。我很担心这件事情的余波会不会波及到佐仓，但她好像没事。虽然说这是我自己种下的因，但要是山内打算采取行动，那我也必须思考对策。

"总之，你有什么困难就联络我吧。我基本上都能出来。"

"真的可以吗?"

"嗯,我能替你做的也只有这些呢。"

佐仓对这种也不知道可不可靠的话像个孩子一样,眼睛闪闪发亮。或许她对这点互动觉得很开心。

"我一定会联络你!"

"哦,好。"

我因为佐仓这种跟其形象有点不同的喜悦模样,以及充满气势的发言而稍往后退。

不管怎么讲,这应该都可以解释成她开始一点一点地变得积极了吧?无人岛以来才经过几天,佐仓看起来有所成长。那是场非比寻常的考试,也许给了正值成长期的高中生意想不到的影响。虽然状况并没有好转,但我感受得到她即使在痛苦的情况下也想变得正面积极的意志。

3

"绫小路!"

我一回到船里,就被身后压迫而来的黑影给挡住了。

我的脖子随后被对方手臂绕住,用力勒紧。就算我慌张地拍打对方,对方也没有暂缓攻击的迹象,感觉好像来真的。我挣脱般地逃开。回头一看,发现那里出现了同班同学山内春树的身影。他摆着一张宛如恶鬼或阿修罗般的恐怖表情。

"怎、怎么了？"

虽然我知道原因，不过还是装做若无其事。

"什么怎么了，你说过会告诉我佐仓的邮箱，这件事情怎么样了？话说，你刚才在跟佐仓说些什么对吧！你果然正在追佐仓吗？"

运气不好，被山内给看到了。不过，关键在于他怎么去理解。

"我没有打算追她。只是，虽然这有点难以启齿……但是我说了个谎。"

"说什么谎啊……"

"你觉得我会知道佐仓的邮箱吗？"

我故意拐弯抹角地说明，让山内理解这句话的话外音。

"难不成……你刚才是打算找佐仓要邮箱吗？"

我点了点头，山内愕然地当场双膝跪下。

"绫小路……你明明不知道她的邮箱，却对我说谎？"

"是的……"

"成果呢？你刚才要到佐仓的邮箱了吗？"

"……抱歉。"

"抱歉？什么叫作抱歉？我要的不是道歉，而是她的邮箱欸!"

这不带情感的嘟哝声,呈现出山内的气馁。

"你竟敢······你竟敢骗我啊啊啊啊!"

我确实对欺骗他一事而感到很抱歉,但我不能未经允许就把佐仓的联络方式告诉山内。以佐仓的角度来看,她也会拒绝那露骨的不良企图。

"你能不能再给我一些时间?"

"什么时间啊!说谎可是成为小偷的第一步哦!"

"那么你要强行问佐仓吗?"

"嗯,我会这么做。"

应该是怒气导致他看不见前方吧。就算是硬来,他也打算得到佐仓的邮箱。

"佐仓可是说过哦。她说她讨厌只有一张嘴的男人。"

"这不是在指你吗,绫小路?"

"我当然被她讨厌了。她不告诉我联络方式也合情合理。正因为这样,我不希望山内你步上我的后尘。否则你要是想强行问却惹她生气,这样就没意义了。"

"这种话只是借口吧。你本来就不知道她的联络方式吧。"

我低垂双眼,向山内低头。

"嗯,我向你道歉。但是这样下去,你无疑也会被她讨厌哦。"

"那我该怎么做才好啊······"

"你应该知道佐仓很喜欢数码相机吧？其实我听说她现在拥有的那台状况好像不太好。就算想买新相机，好像也因为没点数就放弃了。不过，假如山内你可以送一台数码相机给她，事情会变得怎么样呢？"

"她应该会很高兴吧……可是我也没有什么点数欸。"

"在这场特别考试中，只要以优待者身份胜出，或者成为叛徒，又或是引领所有组员通过考试，就会得到足够购买好几台相机的点数，不是吗？"

"也就是说，只要我努力就可以和佐仓变得要好吗？"

现在山内心中应该涌出了一个答案。

"现在山内春树你需要成绩来展现男子气概。要和身为前偶像的佐仓交往，我想这么做才能算是配得上她的男人。"

无论山内的心情如何，他对佐仓怀有好感都是事实。只要借此给予刺激，他就有可能发挥出比平时都还要更高的潜能。

"我做，我一定会去做，我一定会去做的！我绝对会靠自己的力量得到佐仓！"

"对，山内。你一定办得到。你办得到！"

"哦！这场考试，我绝对会赢！"

我总算转移了他愤怒的矛头，并成功地把参加考试的含义告诉他。要是结果以失败告终，他对我的恨意也许会再次燃烧，但这个方法应该可以暂时挡一会儿吧。

况且，要是爆了冷门那更好。我在山内兴致高昂之际与他保持了点距离。

假如要说一项恐怖之处，那就是他随便猜优待者，然后猜错的情况……

"为了以防万一，我想提醒你……"

我正想开口请山内谨慎点，却打消了念头。

"什么啊？"

"不，加油吧。要是找到优待者的话，可别让其他班级抢先了哦。"

"当然！"

要是山内弄错优待者并且猜错或许也好。

比起眼前的利益，长远的利益才更重要。

4

既然毕业时只有 A 班"学校和工作都受到保障"是件不变的事实，我们在考试中就不可能合作。

B 班和 D 班之所以能联手，是为了要打倒 C 班和 A 班。

而 C 班和 A 班能联手，也是为了打倒 D 班和 B 班。

那么，这些班级齐聚一堂会变得如何呢？这就像是把肉食性动物与草食性动物关进同个栅栏般的危险状况。我们几乎不可能顺利合作。

当然，偶然团结起来的情况也有可能发生吧。

如果小组只由平田和一之濑这种人构成，或许就有可能。

A班在第二次集合中也完全没参加讨论。当然，在缺少一个班级的状态下，大家也不可能说出推心置腹的话。时间毫不留情地流逝。

我很感兴趣地观察起各班学生们会如何行动，但是这种不稳定的关系，已经开始让这里变成令人窒息的场所。大家绝对不是没干劲。只是因为戒心很强，所以无法贸然发言吧。

"总之……像这样集合也是第二次了。我们也差不多需要彼此敞开心房了吧？毕竟集合次数也有限。"

这次最先行动的人，果然还是一之濑。真不愧是期盼和平的B班。这点滨口和另一名学生也完全相同。他们毫不动摇地主张联合战线。

类似平田那样的人到处都有。然而，就算一之濑和平田类似，本质上却是不一样的。

一之濑他们应该始终都希望B班获得胜利。

这和上次浮躁而又不知道接着会发生什么事的时候不一样，气氛出奇地沉重。每个人都渐渐变得疑神疑鬼，加强戒心。

A班的三个人从这沉重气氛里解放，各自随意玩着手机。考试没有规定不能跟其他组联络。就连打电话都是自由的。

有句话说富人会过富人的生活，穷人则会过穷人的生活。这情况正是如此。

在班级对抗中处于压倒性优势的 A 班完全没必要着急。

我以为我们在无人岛上报了一箭之仇之后情况会多少有些变化，但葛城比我想象中还更冷静地在推动班级发展。他想出来的方法的确很有用。

尤其对我这种单独行动的人来说，要击溃这道城墙并不容易。

"我觉得没必要彼此敞开心房，可是我觉得讨论还是必要的。也许 A 班擅自认为自己已经退出考试，但我可是想查明优待者到底是谁。"

幸村想化解沉重气氛，而借由同意一之濑提议的形式表达意见。如果其他班有优待者，认为不可以眼睁睁错失机会也是理所当然。

还是说，因为他自己就是优待者，这是为了不让人识破才做的伪装呢？

"可是凭讨论就找得到答案吗？我觉得不太可能。真不知该说是优待者太狡猾，还是这场考试太困难。"

"我可以理解你哟，轻井泽同学。不过，这应该是看你怎么想吧。无人岛考试和这次考试本质上都是给学生的 surprise。你只要这么转换想法就好了哟。"

"Sunrise？"

"如果是 sunrise① 的话就交给我是也！这是在下擅长的领域！"

博士不知为何对别人口误的发言反应很敏感。不，这不是 sunrise，而是 surprise 哦。

"船上的生活没有任何束缚，而且又很开心，对吧？就算一天规定集合两小时，要聊天或玩手机都是自由的。而且没有上课时的沉闷感。"

"这个嘛……是很开心啦。"

"是吧？所以我们就轻松点吧。像是朋友之间聊天那样。我觉得封闭在壳里的话，可是会很难受的哟！町田同学他们的表情也一直都很严肃呢。"

只要不去想上课的事情，事实上我们的确正在尽情享受着假期。虽然只是感觉上的问题，但越是正面思考，就越能感觉考试轻松吧。町田听见一之濑这种为了尽可能缓和气氛所说的话，就忍不住发笑。

"你要怎么享受都是你的自由，但我们应该不可能找到优待者吧。虽然不知道这组谁是优待者，但那个人不和伙伴共享信息的话，就是在策划独占点数。那个人应该会硬着头皮隐瞒到底。再说，说不定优待者就在 B 班之中呢。你能信任那两个人的话吗？"

---

① 日本制作动画的公司。

他使用心理战术。

"这些话我应该也能对町田同学你们说吧？你能相信伙伴吗？"

"……当然。"

町田的视线突然间游移了一下。不，正确地说，他是看向隔壁一个叫作"森重"的学生。

然而，他随即就把视线拉回人群，再次说明A班里没有什么不安要素。

"我们没有必要拘泥于优待者。不会有人每个月都能获得十万点以上，还要不惜说谎，固执于那区区五十万点吧？"

"是吗？有句话叫未雨绸缪。你心里所想的，难道不就是想尽量多存一些点数吗？在这所学校里，应该不会有人嫌弃自己点数多呢。"

"无聊透顶。不过，要怎么样都随便你。你就尽情地做无谓的挣扎吧。"

从一之濑对町田微笑的侧脸中可以看出她胜券在握。

尽管町田说不参加讨论，但还是被一之濑逼得进行对答。只要说话就会透漏信息。一之濑利用幸村和轻井泽，开始稳扎稳打地搜集信息。不过，问题在于"她察觉到什么程度"。

另一方面，轻井泽则不时深深地叹气并玩着手机。

考试中没有不可以碰手机的规则，所以并没有犯规。可是，这说不上是为了找出优待者的积极态度。还是说，她就像是 CIA 或 FBI，现在也正在实时地和平田通电话，让他听我们的对话呢？若是这样的话，那我还真是敬佩她……但这应该不可能吧。

当然，轻井泽平常就不会认真对待事情，从知情者看来，也可以理解她这不认真的态度吧。只是，我觉得她和平时有些不同。奇妙的异样感持续不断。

这是我从这场特别考试开始时就能感受到的东西。

和平时不同的轻井泽与伊吹的再会、与真锅她们的互动。

一点都"不像"平时的轻井泽。在大家的认知中，她即使在 D 班也格外有存在感。无论好坏，她都是和平田一起统合班级的人物。然而，她在这个场合却只是路人角色。这无关乎她是否拥有足以参加这次考试的能力。她明明有足以强行拉动场面的潜能，却不打算这样做。

对于被抛来的话题她会附和与回答，可是马上就会安静下来。这很可能是因为平田和栉田不管在哪里都很泰然自若，轻井泽却跟他们不一样。

不如说，假如区分等级的话，她处在比 C 班的真锅她们还更低的位置。

这就是异样感的真面目。接着，我的疑问及担忧渐渐开始膨胀了起来。

D班要跻身好班，需要的不是现在去增加点数。创造可以增加点数的体制才是当务之急。相较A班或B班，D班的凝聚力可说是格外弱。因此，未来将成为不可或缺存在的，很可能就是轻井泽惠——这个统治D班女生的少女。我是这么想的。正因为这样，我很在意她现在的行动。我还以为她会更强硬地着手支配场面。我必须辨别她是可用之才，还是不可用之才。但是考试时间很短，我没时间慢慢来了。即使有点强硬，或许我也应该惊动她来一探究竟。

一小时过后。考试结束，A班的学生马上就走出了房间。他们打算贯彻一言不发的战略，不会改变最初的立场吧。一之濑瞥见接连走出房间的其他班学生，而稍微沉重地叹了口气。

"这好像会是场很辛苦的考试呢。绫小路同学，你怎么想呢？"一之濑帆波这名学生还真意外是个不可轻视的对手呢。统治B班的少女比我想象得更冷静、更聪明，而且还很可靠。她顾虑到几乎没有发言的我，我都不禁快放下了戒心。

我若是她同班同学，大概就会喜欢上她。她就是个拥有如此魅力的人。

正因如此，不仅B班，其他班男生也无法忽视她的存在吧。她的人气足以匹敌栉田。

"老实说，像我这样的人在这种考试中根本一筹莫展。我都只是在旁观而已呢。"

"现在放弃还太早喽。一起努力把情况尽量往好的方向发展吧。"

一之濑现在正为了反抗而拼命对抗着困境吧。

"哎，即使像这样单纯地继续进行讨论，谁都不会老实承认自己就是优待者吧——因为隐瞒到底的好处及被揭穿的坏处都太大了呢。假设就这样下去的话，最坏的情况，按照A班所想的方法来行动也是可行的。"

一之濑的眼神与这种软弱的发言相反，一点也没有失去光彩。

尽管情况错综复杂，她却丝毫没有放弃备战状态。

"总之，今天就先结束吧。你们两位也辛苦了。"

"我们什么忙都没帮上。那我们就先回去了。"

心情切换得真快。B班的三个人都像是关掉开关似的放松下来。我思考今天观察一天看见的东西，与没看见的东西。我还不清楚一之濑他们的真正目的。

他们或许正在讨论什么作战，当然不可能告诉外人。

C班的真锅等人起身后，我便追在她们身后。

我追到电梯前方，非常客气地向真锅搭了话。

"可以打扰一下吗？"

真锅发现了我的存在。可是她没料到会被我搭话，警戒地回过头来。

"你上次不是跟轻井泽发生过争吵吗？就是在咖啡厅有撞飞人，还是没撞飞人之类的。"

"这又怎么了？"

她根本没兴趣跟我说话吧。不过，我想她绝对会对我接下来要说的内容感兴趣。她们三人都对我投以试探般的眼神。

"虽然我不是百分之百确定，可是我之前看见轻井泽和其他班的女生起纠纷。"

"这……这是真的吗？"

真锅缩短距离，用僵硬的声音如此反问。我轻轻点头。

"当时气氛不好，不如说是很尴尬。所以才会想先告诉你。"

我让轻井泽和C班彼此坚持己见却含糊结束的事件死灰复燃，接着就急忙折回原本的路。我并没有真的看到过，所以要是长时间持续这个话题，我的谎言肯定会被拆穿呢。

我开始期待真锅她们会因为这个火种而采取怎样的行动。接着，我也想看看莫名安分的轻井泽会如何反驳，以及如何应对。

5

小睡了一会儿，很晚才回到房间的我，没和任何人说话，就坐到了床上。

再怎么说现在也将近午夜十二点了。我还以为大家就快要就寝，不过房间里还真是嘈杂。

平田担心地看着很晚才回到房间的我。他在房间的沙发上和幸村面对面坐着。

"辛苦了，绫小路同学。你回来得真晚呢。"

"啊，对了。我有些事想问你，可以吗？"

"虽然我想你应该很累了，不过可以的话，要不要聊一下？"

我和平田几乎同时脱口而出。

"嗯？你想问我什么事情呢？"

"不，平田你先说说吧。我之后再说也没关系。"

幸村身上散发出紧张的气息。这是有关考试的事情吧。

既然我们同寝室，要是贸然拒绝，气氛难免会变差。

我简单点头应允，换了件衣服，接着走到两人身边。平田稍微起身腾出空间，催促我坐下。而说到我要问的事，我是在想享有盛名的平田，应该会拥有关于坂柳的信息，但这之后再问也没关系。

"幸村同学找我商量事情。他说要互相汇报考试状况。"

"我说过绫小路加入并没有意义。"

"其实如果高圆寺同学也愿意参加，那我会很高兴呢。不过我被他拒绝了。"

确实，我不觉得高圆寺会做这种没意义的事。

"抱歉呀，平田 boy。现在我正忙着追求肉体之美呢。"

赤裸上半身的高圆寺正在反复做着俯卧撑。尽管流了很多汗，他的样子看起来却一点都不痛苦。这不是普通高中生能轻易拥有的绝技。他是个资质不凡的人。不过，高圆寺有参加这次考试吗？

平田像是看透了我的心思似的答道：

"高圆寺同学有去参加考试哟。因为禁止事项上写着不参加考试的话会扣点数呢。"

从有精读规则的平田看来，他也暂时放下心了吧。

"其实我这边收到班上两个人说自己成为优待者的联络。"

"你说什么？到底是谁啊？"

"这……这没办法轻易告诉别人。毕竟他们是因为信任我才告诉我的。"

"你是在说我无法信任吗，平田？如果你知道的话，那我也有权利知道。再说，只要知道谁是优待者，或许还可以变成顺利通过考试的提示吧？说起来要讨论的话，伙伴之间共享自己拥有的信息也是理所当然。"

"……是呀。我也想要一起商量……其实……"

正因如此，他才会说出自己知晓优待者身份的事情吧。

"唉，平田。为了以防万一，你在手机上打出来应该会比较好吧？虽然我觉得不会被偷听，但再怎样小心也不为过。"

"没错。稍等。"

平田拿出手机，输入了两个人的名字，接着把屏幕面向我们。

龙组是栉田同学。马组是南同学。

平田给我们看完后，就随即删掉那些内容。

"……原来如此。"

幸村一面小心避免说出口，一面思考着规律性。

不过，没想到栉田居然会是优待者。她在竞争最激烈的龙组里，是个非常大的优势。然而，这个优待者的存在相反地也有可怕之处。那就是如果被拆穿真面目就会受到惩罚。假设优待者在其他班级，再怎么样也不会受到损害。

"没问题哦。因为进行得很顺利。"

平田就像是看穿了我的忧心一般，用充满自信的表情点头答道。

经过精挑细选的龙组是绝不会掉以轻心的。

"这件事兔组里也讨论过，优待者很可能是各班平均分配的。换句话说，D班里照理会有三个人。还有一个优待者还没说出自己的真面目。"

"嗯，幸村同学你这个想法是正确的。当然，那个人也有可能只是还没告诉我，但和别人商量过。因为告诉越多人也相对会提升风险呢。"

当我们认真地深入话题探讨时，房间里开始响起高圆寺的哼歌声。幸村忍耐了一段时间，但哼歌声一直没停下来让幸村越来越焦躁。他最后从椅子上站了起来。

"高圆寺！你能不能停止那优哉的哼歌呀！还有，我不会叫你要认真，但你到最后都要给我好好应考。你可不能再像无人岛时一样中途退出。"

"那也没办法吧？那时候我身体状况不好，没办法勉强呢。"

"唔……你明明就只是装病！"

"不过，考试还要持续两天，就只会是个麻烦事呢。"

做着俯卧撑的高圆寺优雅地站了起来，接着把事先放在床上的毛巾挂在脖子上。

"居然说只会是个麻烦事？你明明都没有去思考，还真是自以为是。"

"持续一点也不有趣的考试，也没意义吧？这只是个要找出骗子的简单猜谜。"

高圆寺抓着手机，滑着手指头，开始操作。他结束操作之后，包含高圆寺在内，我们四个人的手机都同时收到来自学校的通知。

"喂，你做了什么！高圆寺！"

尽管幸村已经猜到了，但还是忍不住如此喊道。

我和平田都急忙掏出手机，查看收到的邮件。

　　猴组的考试结束。猴组学生之后不必再参加考试。请小心行动，不要打扰其他学生。

"这个猴组是你的小组对吧！高圆寺！"

"说得没错。这样我就畅快地恢复自由之身了呢。Adieu[1]。"

对抛出手机就往浴室方向消失踪影的高圆寺，我们只能目瞪口呆。

"别、别开玩笑！我们拼命地在思考，结果那家伙竟然又……"

"还不知道结果呢。说不定他有他的想法……"

"你太天真了！那家伙很自私的，一点也不会为班级着想！太糟糕了！"

高圆寺确实不让人觉得在认真对待考试。不过，那家伙的洞察能力或观察力也有让人大吃一惊的地方。假如他断言这场考试是"要找出骗子的简单猜谜"的话，他说不定已经猜中了答案。

---

① 法语，再见、永别。

高圆寺的突然行动立刻就传遍所有学生。平田的手机接连不断地响起。

同学们都想知道到底发生了什么。葛城、龙园、一之濑他们毫无疑问也同样会很惊讶。谁都没料到第一天就会出现叛徒吧。我的手机也收到来自堀北的联络。

"抱歉，情况好像非常混乱。让我通个电话。"

"可恶……都是高圆寺害的。这样我们不就变得根本没空讨论了吗？"

"我出去一下。"

如果幸村还是这么焦躁，我也无法安静睡觉。

我说完便走出了房间。

虽然发生高圆寺强行结束考试这种突发事件，不过现在可不能一直拘泥于这点。老实说，这次考试中我在某程度上看得到自己能力的极限。即使我再怎么策划，使剩下所有干支小组中的D班取得胜利也很困难。不，是不可能。

如果我有足以颠覆一切的决定性信息，那就另当别论了……D班中的关键人物是平田、栉田等人。只要利用这两个人行动的话……

"不行呢……"

考试包含假日在内剩下三天。没办法的事情，就是没办法。

就算我获得这两个人的协助，我的眼线还是压倒性的不足。

我无法掌握每一组的讨论内容。

当然，假如是堀北或佐仓那组的话，我应该还有干涉的余地……

果然这场考试中关键还是在于发展眼线。

6

一望无际的星空映入眼帘。

我四处徘徊，最后抵达船外的甲板。

"这真是壮观欸……"

这片美丽光景和书本或者影像上看见的画面有着悬殊的差异。这是大都市里无法看见的夜景。虽然人数很少，但我看见男女学生彼此牵着手、搂着肩膀，仰望同一片星空，总觉得有点空虚。这里几乎没有光线，因此我没办法窥见他们的表情。不过别人的恋情怎样都无所谓，我并没有兴趣。

可是，在这尽是两人组的地方也有独自仰望星空的学生。而且从轮廓上看来，对方还是个女孩子。

"……不不不。"

我不可能现在过去搭话，做出"要不要一起看星空呢？"那种搭讪。要是中途她男朋友过来会合找我麻烦的话，那就不妙了。只是，我很好奇她会是怎样的女生，所以就试着靠近了她。

我的动静好像被对方察觉到，那个人影回过头来。

"咦？绫小路……同学？"

"这声音……你是栉田吗？"

从黑暗之中浮现的人影正是栉田。她用惊讶的表情看着我。

"你……自己一个人吗？"

她该不会是在等男朋友……这种让我感到很揪心的想法一闪而过。

"嗯，对呀。有点睡不着。"

"这、这样啊。"

知道她不是在和男朋友看夜景约会，我就松了口气。我心想既然如此就没关系，于是靠近栉田身边。她好像才洗完澡没多久。一身运动服的栉田身上传来难以言喻的舒服香气。

客房里备有的洗发水应该是一样的呀，这真是不可思议。

"你不冷吗？"

"没关系。比起这个，绫小路同学你一个人吗？"

"对。"我点头说道。栉田有点开心地笑了。

"我们两个都是单身呢。自己一个人在这种地方有点难为情，所以我觉得有点开心呢。"

"……"

我要是可以在此说出一句得体周到的话就好了。当然，我不可能说得出来。

岂止如此，我还因为在这个到处都是情侣的地方与她两人独处而心跳加速。

栉田心中一定觉得这样很讨厌。

"我先回去了。"

"这么快就回去啦?"

"我有点困了。"

这是个超级大谎言。我一点也不困，但这没办法。

"这样啊。那么明天见。晚安，绫小路同学。"

"晚安，栉田。"

就在我们互相道别，我打算没出息地退场并背对栉田的时候……

"等一下!"

栉田大声地喊道。她好像想到了什么，而扑向我的胸口。寒冷天气之下，虽说隔着运动服，但我也感受得到她肌肤的温暖。

"栉、栉田? 你、你怎么了!"

我面对这意料之外的事态当然陷入恐慌，并且着急起来。这是我无法理解的发展。

"……"

然而，栉田没有立刻回答。过了不久，她小声说道:

"对不起。总觉得……那个……或许我是突然觉得落单会很寂寞。"

她在我胸口前喃喃说出这种话。我的脑袋就像是受到拳击手的一记直击而头晕目眩。在这之后又过了几十秒。栉田沉默不语地持续把脸埋在我的胸膛。但她接着突然间就像是从束缚咒语解放，而急忙与我保持距离。

"对、对不起。我……那个……突然抱住了你……晚安！"

我在漆黑中无法窥见栉田的表情，但不知道是不是错觉，总觉得她的脸颊好像很红。我没能叫住飞奔而去的栉田。我感受到手和胸口残留下来的余温，在原地呆站不动。

发生了这种事，害得我更睡不着了。我决定在船里散散步再回去。

"啊，真是吓我一跳……冷静下来就突然觉得喉咙好渴。"

船里一楼应该有好几个地方设有自动贩卖机。我就绕道买点喝的再回去吧。

结果，我发现自动贩卖机附近的酒吧里有组合奇妙的三人组背影。

那里有茶柱老师、B班班主任星之宫老师，以及A班的真岛老师。

也有好几个眼熟的老师在沙发等地方一面休息，一面静静打发时间。

这个区域并没有被禁止进入，但由于这里尽是与学生无关的居酒屋或者酒吧等设施，因此几乎没有学生靠近。

我原本是想转换心情才过来，但也许会意外获得某些有趣的消息。

我悄悄靠近。

"总觉得……这还真是久违欸。我们三个居然会像这样轻松自在地坐下来。"

"这是命中注定。因为绕来绕去，结果我们都选择老师这条路。"

"别说了。讲这种话也没意义。"

"话说回来，我可是看见了哟！你上次在约会对吧？那是新的女朋友吗？真岛你还真是出乎意料地风流欸。明明就是个寡言又冷淡的人。"

"啧，你才是吧。之前的男人怎么样了？"

"哈哈，两个星期就分手啦。我是那种要是关系变亲密就会一口气甩掉对方的类型呢。"

"一般这是男人才会说的话呢。"

"啊，所以我可是不会让真岛你得逞的哟。我们是最好的朋友，我也不想把关系搞坏。对吧？"

"放心吧。这是绝对不可能的。"

"唔……总觉得这还真是让我大受打击。"

星之宫老师把威士忌倒入空的玻璃杯里。她看起来就像是大口喝着酒的酒豪。对照之下，茶柱老师则是慢慢喝着像是鸡尾酒那样的东西。

"话说回来……你到底打算做什么，知惠？"

"哇，你怎么突然这么说。我做了什么了吗？"

"惯例上，学校应该是要把班级代表集中在龙组吧？"

"我并没有在开玩笑哟！光看成绩或生活态度的话，一之濑同学确实是班级第一呢。可是，能否适应社会无法完全只看数字。我认为她仍有需要完成的课题。你看，而且小兔子很可爱对吧？蹦蹦跳跳的感觉，不是很像一之濑同学吗？"

"……若是这样就好了呢。"

"星之宫的发言很合理，不过你有什么在意的地方吗？"

"我只是不希望你因为私人恩怨而判断错误。"

"讨厌，你还在说十年前的事情呀？那种事我早就既往不咎了。"

"谁知道呢。你不在我面前就总是会乱讲话。每个行动都非得抢先我一步才满意。所以你才会让一之濑参加兔组，对吧？"

"这是什么意思，星之宫？"

"我真的只是认为一之濑同学有应该学习的地方才把她从龙组剔除。而且呀，我很好奇小佐枝你为什么这么在意绫小路同学。这只是单纯的碰巧。我才一点都不在乎无人岛考试结束时，绫小路同学是领导者的事呢！"

"原来是这样啊。"

真岛老师理解地点点头。然而，他马上就用严厉的语气告诫星之宫老师。

"虽然这不是规则，但你要遵守伦理道德。我不想向上面汇报同事的失职呢。"

"真是的……我这么不受信任吗？而且你们都只骂我，坂上老师不是才有问题吗？明明应该是其他学生，可是他却把龙园同学编了过来。"

"确实啊……因为今年和往年都不同，学生的资质很特殊呢。"

虽然我几乎没得到关于这场考试的消息，但我差不多该走了。如果被人发现长时间逗留在此，很可能被卷进更麻烦的事情里。

光是知道一之濑是为了调查我的底细才被送来，就已经足够了。

这样我的行动就会越来越受限制了。

Double Question

"这是在开玩笑吧?"

堀北刚开口就用责备的语气质问我。

"很遗憾,这是事实。高圆寺很爽快地就让考试结束了。"

"你是笨蛋吗? 为什么没阻止他的失控呢? 这是同寝室友你的责任吧?"

"你别蛮不讲理啦。木已成舟。你就当成是被狗咬,放弃吧。"

高圆寺强制结束考试的消息传遍船内。各班级都是一片骚动。虽然我们昨天就在群里聊过,但堀北还是强烈要求直接见面谈。

即使如此堀北好像还是无法接受,摇了好几次头。

"下次要是见到他,我会直接斥责他。真希望他可以别再自甘堕落。"

"你知道这没意义吧。你的想法不会传达给那家伙的。现在被外人所惑只会难受而已。总之,我们最好还是把精神集中在自己的小组。"

如果谈高圆寺的话题,我就会一直被堀北责难。我在此改变话题。

"我的小组里确实尽是棘手的对手,但我可没打算要落于人后。"

她实在是很强硬。哎，不过我也只能交给她了呢。

星之宫老师在背地里试探我而送来的一之濑与我同组这件事也很棘手。我不能贸然加深他们对我的印象。

"对了，你姑且也算是女生，我有些事想问你。"

"你那讨厌的开场白是什么？什么姑且算是，我就是个女生。"

我被堀北误会是在挖苦她。她不服气似的对我投来有点严厉的目光。

"啊，不是这样。我想说的是你身为女生的部分。"

我做完奇怪的辩解后，她更生我的气，所以我就立刻进入了正题。

"我想要关于轻井泽的信息。"

就算我想主动接触她，轻井泽也不会理我。

要是让她制作班级里的男生排行榜，我毫无疑问排名垫底吧。

"换句话说，你想问我关于轻井泽同学的事情？"

"就是这样。"我点头并继续说道，"我也想事先掌握我这组的实际情况。但这也不简单呢。虽然有办法试探博士或幸村，但关于轻井泽我就完全没头绪。在无人岛考试结束之后，轻井泽请你吃过饭了吧？"

"我拒绝了。我对轻井泽同学没什么兴趣。你要是这么想要她的消息，为什么不去利用平田同学？如果是他的话，他可是会轻而易举地替你制造出交集呢。"

虽然就如她所言，但不幸的是，考前我才错失了与轻井泽吃饭的机会。平田应该也记得这件事吧，我想尽量避免在这个时间点提出这种事。

"你担心她可能就是优待者吗？"

"这也是其中之一。只是，我实在无法理解轻井泽的行动。我很在意这个。"

"虽然这可能是我多管闲事，但她的行动不会有什么理由。你不过是在浪费时间。"

"堀北，片面断言他人可不太好哦。"

"断言？什么意思？"

"你只把轻井泽当作是个任性、没团队合作能力，而且麻烦的存在，对吧？你不觉得那家伙也有优点吗？"

"她有什么优点吗？我想不到呢。不全都是缺点吗？"

嗯，说到团队合作能力，堀北也半斤八两，或者更胜轻井泽。

"我们在看人的时候会先从外表得到信息。像是对方很帅或是很可爱，也就是第一印象。接着就会由对话或行动来推测这个人的内心层面。比如对方是社交型、好战型还是被动型。"

堀北双手抱胸，听我继续说。

"但这和外表一样都只是表面上的东西。真正的想法，是无法马上看出来的。例如枥田或伊吹。若要举更多例子，那我也是如此。我会依情况不同，分别使用表里两面。"

"你是说轻井泽同学也有那样的一面？"

"这几乎所有人都有。或许你没有发现，但是堀北你也有。"

这家伙面对她哥哥时，有暴露出脆弱、真实自我的倾向。

"虽然我有无法接受的部分，不过算了。我可以理解有些事情是接触之后才看得出来。"

她既然这么说了，事情就比较简单了。毕竟我如果不想参与其中，我也不觉得自己会想去知道或是怀疑轻井泽的本性。

"所以轻井泽同学的优点是？"

"现在我还想不到准确的表达方式，但我就说成是'支配场面的能力'吧。她拥有掌握主导权的手段。事实上，她在D班中也得到了不可动摇的地位。"

不过，在这次组成的兔组中她的这种能力一点都没有展现出来。正因如此，我觉得必须尽快看清轻井泽的本性。

"就算她有这种能力，你打算怎么做？难道你打算把轻井泽同学拉到同一阵线？"

"嗯……我该怎么做才好呢？"

这是需要仔细考虑的。当我正在思考该如何回答时，那名男生就和昨天一样前来接近我们。

"嗨，两位。你们今天也在偷偷幽会呀？也让我加入嘛。"

是龙园。他今天好像没和伊吹在一起。他露出阴森笑容并且靠了过来。

"你很闲呢。你就算在意我，也不会得到任何好处呢。"

"决定这点的人是我。那么，你想到找出优待者的计划了吗？"

他又未经许可抓了一把旁边的椅子坐了过来。

"无论我有怎样的想法，都不打算告诉你。"

"这真遗憾。我本想请教你的高见。但是，锁定优待者的行动你看来没什么进展呢。"

"你这说法还真有趣。那么，你就知道优待者是谁吗？"

龙园看见堀北一副想说"你不可能知道"的表情，就露出像在等待这句话的从容笑容。

"我大致上已经开始了解优待者的真面目。这么说的话你相信吗？"

"我不相信。你不是一之濑同学或葛城同学那种备受同学支持的人。你里外四处都是敌人，我不认为你会搜集到充足的消息。"

"这并不对呢。我确实没营造出团结的班级氛围，但这和能不能搜集消息，完全是两码事。"

这状况就像是老师用鄙视态度教诲反抗的学生。

"很不巧，我已经深入到这场考试的根本。C班说不定能压倒性地胜出。"

"怎么可能……"

不，也许这家伙说的是事实。

学校基本上是以某种规律性和规则作为基础来制定考试方案。期中、期末考，还有无人岛上的考试也都一样。考试是只要理解规则后面如同规律一般的东西，就会取得高分、好成绩的结构。若是这样，那么这场考试也是一样。这家伙也已经察觉到这件事了吧。

"这是非常简单的事情。只要调查班上谁是优待者就好。这样要解析考试构造的话，就事半功倍了呢。"

"是呀，这是谁都想得到的事情。但是C班学生会老实回答吗？既然规则保障匿名性，优待者们应该就不会告诉你这种独裁者，而是会试图获得五十万点吧？"

龙园若无其事地回答堀北的疑问。

"什么回答。只要把情况变得无法说谎就好了啊。"

"变得无法说谎？"

"因为所有手机都提交给我了。要是对本大爷说谎，我就让他在学校待不下去。只要这么说的话就没问题了。然后，我就只要一部一部直接确认手机里的邮件就好。"

"你疯了？这是禁止事项。假如被申诉的话就会被退学。"

"喂喂喂，这不会成为问题。就因为不成问题，所以我才会在这里。你懂我的意思吗？"

这是绝对支配者才能使用的强硬手段。

假如强行查看其他班学生手机的话，龙园无疑将会受到惩处。

然而，即使龙园在 C 班里恣意妄为，申诉本身这件事，他也有把握任何人都不会发起。只要没有人向学校申诉自己被恐吓，这就不成问题。

这就是龙园的策略——强制性作战。

总之，假如这件事是真的，那龙园就查出了 C 班的三名优待者。

这将会成为这场考试的重大提示吧。

如果拿翻开图示猜测背面插图为何的猜谜来比喻，就会比较容易了解。假如不翻开任何一面，谁都不会知道答案。但是翻开四分之一的话，就可能会知道答案。

换言之，龙园或许知道所有班级的优待者。

"你终于了解状况了呢。"

"嗯。我了解你并没有得到答案。要是你已经解开，照理就会毫不犹豫给校方发邮件。就算结束考试也不奇怪。"

"这也有可能只是我在玩呀。"

"我们都不知道何时谁会得到答案。你应该不会这么从容。"

堀北应该没有把握，但她的解读恐怕是正确的。这场考试中知道答案后，无意义地拖延并没有好处。假如能够决定，就该当下做出决定。

"那么，就让我进入终局的阶段吧。"

"龙园同学，可以顺便让我问一件事吗？昨天猴组好像结束了。关于这件事情，你没有想法吗？"

"我并没有特别的想法呢。小喽啰们想做什么都与我无关。回头见呀，铃音。"

龙园好像打算定期来报告。他留下这种话就离开了。

"真不知道他说的话有几分真。"

我竖起指头要她安静。堀北摆出"他又来了？"的表情，但回头望去并没有任何人。我就这样沉默地探头窥视龙园留下的椅子下方。

我确定之后就静静引导堀北，让她窥视椅子底下。

那里放了一部设定成录音状态的手机。那部手机正好收到一条群消息。因为被设定成完全静音，所以声音和震动都没有。由于角度的关系无法看见所有内容，但我瞥见"昨天很抱歉"这样的文字。

是班级内起了什么纠纷吗？

我不想一直窥视椅子而自掘坟墓，于是就恢复了原本的姿势。

堀北也立刻了解情况，她取出自己的手机，打出这样的简短文字。

假如那部手机是他的，那我们就最好别说多余的话。

没错。但也很难说是个正确答案。

这里的应对虽然很困难，但是突然变得沉默不语也很奇怪。

"你认为龙园说的话是真的吗？打算弄清所有班级优待者这件事。"

堀北对于做出发言的我，瞬间感到不知所措。但她马上就察觉到我的意图。

"谁知道。不能说是百分之百。不过……我认为有可能。这次考试时间不是很充裕呢。"

"你还真辛苦欸。"

"我可是会要你像我的左右手一样，作为打杂的来替我办事。我们有必要尽早找出小组优待者呢。"

"真是说得简单。我不可能找到吧？"

"我对你没有太过期待。我只不过是想要兔组的消息。"

我们在一定程度上加强信心，同时宣传堀北的才干和我的无能。

借由这么做也就能在一定程度上避开怀疑的眼光吧。无论如何，龙园甚至都使用自己的手机来探查情况了。也就是说，只要是能使出的手段，他什么都会去做。

"假如你没有太过期待，那我就自己看着办喽。"

堀北之后就没再说什么了。她在电梯前方止步，按下按钮。她是要回房间稍作休息吗？或者是要去研拟为了在考试中胜出的策略呢？

我没有理会龙园设置的手机，然后离开。

分开之后，我也回了自己房间。

先从平田那边询问有关堀北小组的详细情形吧。

他应该用了与堀北不同的观点在研究考试。

然而，回到房间，我却没看见平田的踪影。房里只有同寝室的室友幸村，他正露出严肃表情坐在床沿。

"怎么了？"

既然同寝室也无法视而不见，我于是向他攀谈。幸村发现了我，但也对我不感兴趣似的轻轻叹气，像在自言自语般如此嘟哝道：

"什么怎么了，是先前分组的事情。为什么我会跟轻井泽和外村同组啊。本来可以顺利进行的不是都会无法顺利了吗？"

"怎么突然说这个？"

　　"你没听说吗？传闻中编列出来的小组里存在某种程度的规律性。既然听说优秀的人集中在龙组，我就无法默不作声了。"

　　原来如此。所以他才会烦恼吗？至少堀北隶属的龙组确实是以此为标准的。

　　这点从上次老师们或龙园的话来看应该也没错。

　　光是论成绩，幸村的等级也不逊于堀北或平田。

　　正因如此，他很不服自己被分入位于中间到中下的兔组吧。

　　幸村在我面前贴心地没说出我的名字，但在他眼里我跟他们两个是一样的吧。很遗憾，我没有任何帮得上忙的地方。

　　我一面附和他，一面随便听听，就回到自己床上躺了下来。

　　我就先睡一觉等平田回来吧。我这么想，却莫名感受到了视线。

　　幸村用充满怀疑的眼光看着我，这也理所当然。

　　"绫小路，为了以防万一，我想先做确认。最后一个优待者不会是你吧？"

　　"我正想否认不是自己呢，但确认这件事有意义吗？"

　　"当然。因为这场考试中合作是不可或缺的呢。反过来说，只要合作就不会输。"

"是啊。但很遗憾，我不是优待者。"

"是真的吧？你没有为了私欲而打算得到点数吧。"

这是那种会想去怀疑他人的规则，我就不该对幸村的反应感到惊讶。

"我不是优待者。我可以相信幸村你也不是，对吧？"

"嗯，当然。我也不是优待者。顺带一提，外村也不是。"

这是身为伙伴的再次确认。这也可以说是形同"你可别背叛"这样的约束魔法。

"我也和轻井泽确认过了。她本人说自己不是优待者，但能不能相信又是另一回事。"

幸村平时就鄙视、讨厌轻井泽。只有口头上保证，他没有完全相信。只要在手机上确认就可以完全相信，但是在浅薄的关系中，这件事意外地很困难。不，这件事应该比较近似于——就算关系亲密也要有礼貌。这就像是即使可以问对方存款，也很难让对方给自己看存折一样。

幸村暂且心满意足，于是没有继续深入追问。

我闭上双眼。房间里有其他人在，我不太能静下心来。但这情绪并不是不愉快，而是好像有点开心。如果针对交友关系的话，我不是那种像变色龙一样可以展现柔软适应力的人。不过，即使对象是我很少接触的幸村，我也开始把他当成朋友了。

身后不时地传来幸村的叹息声。我决定小睡一下。

1

到了下午，隶属兔组的我再次来到相同的房间。

即使是同样的时间、同样的地点，气氛也会因为和怎样的对象在一起而完全不同。

我在考试开始前十分钟最先抵达。在我之后来的是轻井泽。

她一看见我就瞬间露出嫌恶的表情，但马上就别开视线，坐在房间角落（正确来说是离我最遥远的位子）里。然后拿出手机玩了起来。

我和她并不要好，但也并不是因为吵过架，我只是被她单方面讨厌而已。

不过，我在想这其实意外地说不定是最麻烦的关系。

假如是有什么原因被讨厌，那还有改善的空间。然而，若只是莫名被讨厌的情况，就不存在像样的解决方案了。

在一之濑来之前，我也可以在走廊上打发时间。但是先到的我因为尴尬而离开房间，这就等同于战败而退吧。

我为了重振心情，端正了坐姿。

话说回来，这场考试从我的角度看来，情况不太妙。只要考试内容以对话为中心，无论如何积极参与都相对困难。先不论我自己擅不擅长，第一学期刚结束不久，我也不能突然变得健谈。

轻井泽好像不打算在房间里乖乖等待，把手机贴近耳朵。

"啊，喂？莉乃？现在你那边情况怎么样？我这边？真是糟透了！总觉得已经很厌烦了。"

她们的对话在只有我们两人的房间里当然也听得很清楚。轻井泽开朗与郁闷交织的对话内容传了过来。她所谓糟透的状况，应该就是在说我们两人独处的这种尴尬情形吧。她之后立刻结束通话，寂静的时光随之到来。

"对了，你是优待者吗？幸村同学和外……同学好像不是呢。"

这样的声音传了过来。你好歹也记住外村的名字啊……

房间里只有两人。看来被搭话的人是我。

刚才我也被幸村问过这件事。大家都非常想确认吧。

"不是。"

"是哦，那就好。"

然而，她和幸村不同。没有积极地来确认我真正的想法。

"你愿意相信我？"

"什么？你应该不是吧？"

虽然我和她也不是很要好，但是她对我的话相信得真干脆。

在这场考试中，我的目的并不是点数，而是辨别这个叫作轻井泽惠的人物能否成为"有用之才"。

"你们两个都来得好早呀！"

B班三名成员同时到来。

"今天也请多指教哟。"

我微微举起手，回应这句话。一之濑也对轻井泽搭了话，但她把注意力集中在手机，没做过多的反应。

所有组员在讨论之前都到齐了。然而，情况和昨天完全没两样。

A班保持了一段距离。只有除A班之外的三个班围成了一个圈。轻井泽看见这个情况，就起身改坐到町田的隔壁。这也能理解成是对真锅的防御策略。町田几乎没参加讨论，但是他的存在感很强，发言权也很强。也因为男女之间的差距，以真锅她们由女生构成的C班看来，这个状态可说是束手无策。

万一轻井泽把不值得依靠的我或者博士当作伙伴，真锅她们就有逼近自己的可能性。这么一想，轻井泽的判断应该是正确的。

"别担心。要是发生什么，我会帮你的。"

"谢谢你，町田同学。"

因为轻井泽多次依赖自己，町田也很在意轻井泽。对方是个外形可爱的女孩子，会想保护她也是情理之中吧。就算班级不同也是如此。

那么，就先把（危险的）崭新恋情的开始放在一旁，问题在于考试该如何进行。

其他班应该也和我们一样明白这个道理。

了解自己班上是否有优待者，就是决定胜负的关键。

"从昨晚以来讨论就是两条平行线，没有任何进展。我还是认为大家应该进行找出优待者的讨论。"

"又是这件事？你也差不多该认清这是不可能的吧。在我们不参加的情况下根本不可能找出优待者。"

A班传来瞧不起人的奚落发言。

"我觉得也未必如此欸。主要是信任关系的问题哟。因此，今天我打算来玩个扑克牌。当然，不是强制参加，所以只要想玩的人参加就好哟。"

一之濑拿出一副她带来的扑克牌，然后露出笑容。

"哈哈哈哈！用扑克牌建立信任关系？无聊。"

"虽然你说无聊，可是去玩的话，会出乎意料地开心哟。再说，我想沉默地度过接下来的一个小时，可是会既漫长又辛苦呢。当成是消遣就好。"

　B班理所当然所有人都表明参加。

　"在下也要玩是也。现在也很闲。"

　就如博士所言，我们确实也没什么重要的事。

　好像没有其他参加者，所以我也举起手表示参加。

　"有五个人对吧。我想先玩大富豪，有人不知道规则吗？"

　我在某种程度上也对扑克牌规则有所掌握。我也知道大富豪这款游戏。其他人好像都没问题，我们于是顺利围成一个玩游戏的小圈。

　除此之外的人都表示不感兴趣。他们有的闲聊，有的对我们投以冷淡视线，随意打发考试时间。

　一之濑把洗过的扑克牌平均分给五个人。我手上有一张鬼牌，其次是三张点数很大的"2"，然后还有两张"A"——我手上汇集了这般强烈凶狠的牌。我在发牌的时间点就胜过别人，但是大富豪未必是用强大排组决定胜负。只要革命发起，手牌一口气发生弱化，就会有败北的危机。

　虽然这么说，但我无疑处于优势。我应该用稳健战略来使用手牌。

　话说回来，扑克牌这游戏比我想象的还深奥。

　因为会清楚显现玩家的人格。一之濑不仅顾虑自己的手牌，还会配合对方状况来战斗。滨口则会在最后局面主动出击。我不仅看得见富有个性的战略层面，也能发现博士因为小事而动怒的性格。

"再玩一次!"

我还以为身为死宅的博士,拥有比较沉稳的性格。但我逐渐了解他是一竞争就容易入迷、容易生气的那类人。

而且,他还是来得快,去得也快的性格。结束一场游戏他就会马上恢复。

一之濑说不定就是瞄准了这点。

借此掌握各个学生的特征,从而获得通过考试的提示。

在连对话都无法随心所欲进行的现状下,这是个很有效的手段。这样的话,那我应该把情况视为我的行动也和博士一样被观察着吧。

一之濑会如何看待我呢?我客观地看待自己。

……实在是个很无趣的男人。

手牌如果很好就会积极,状况差就会被动。这是常见的性格。

我就这样继续游戏。从大富豪开始,到最后的抽鬼牌,我们尽情玩了大约五款游戏,然后一小时就过去了。结果,A班和C班都没人参加,参加游戏的从头到尾都只有我们五人。

"真开心是也。偶尔玩怀旧游戏也不错呢。"

从博士角度看来,玩游戏比一小时什么也不干好很多，因此他看起来很满足。

然而，即使重复这种如心理战的游戏，B班也不会看见真正的活路。这一点一之濑也很清楚。

"那我先离开一下哟。"

"你要去哪里？"

"我不能就这样看着A班顺利取胜。"

"你要去见葛城同学对吧。"

看来一之濑打算去会一会做出坚守作战指示的男生。对基本上和别人不存在羁绊的我来说，要好好利用这机会。

"假如方便的话，我也可以跟去吗？"

"嗯？完全没问题呀！难道绫小路同学你也要找葛城同学？"

她应该不是在戒备，而是纯粹感到疑惑。一之濑歪歪头。

"不是啦。因为堀北也跟那个葛城同组。"

"这样呀。那我们一起走吧。待会儿见喽，滨口同学。"

一之濑好像完全理解，认同地点头。滨口就这样目送我们。

即便一之濑位居领袖，滨口也尊重她个人的活动。

这和葛城或龙园那种率领手下般的情况不一样。

既然同时进行讨论，那解散时间也差不多。一之濑为了在龙组解散前抵达目的地而加快脚步。

"稍微快点吧。"

一之濑简单知会我一声，就快步朝着目的地前进。

因为在同一层楼，所以我们不需要花太多时间就可以抵达。

考试刚结束一两分钟左右，走廊的学生人数还很少。

不久，我们就抵达了装饰着龙组门牌的房间前。

虽然听不见里面的声音，但我们感觉到房里还有人的动静，于是停下脚步。

还没有任何人出来。这也代表他们正在进行很长的讨论吧。

我发消息给堀北，但她没有已读。

"好像相当耗时呢。"

"真难想象龙园或葛城会组织讨论欸。难道是 B 班的力量发生作用吗？"

"不知道欸。神崎同学也不是会统合场面的那类人……如果要整合话题，应该是 D 班的堀北同学她们吧？D 班阵容成员也很不错。"

先不说堀北，我也不禁认为如果是平田和栉田的话，就很有可能。

在超出规定时间大约十分钟时，龙组房门打开了。

率先出房间的是葛城。他身后是 A 班的其他同学。

葛城随即发现了一之濑：

"是一之濑啊。你在这种地方做什么？似乎也不是偶然呢。"

"我有些话想对你说呢。能耽误你一些时间吗？"

"这场考试的间隔很长。时间很充裕呢，所以没问题。"

他再怎么说好像都不会无视身为B班领袖的一之濑。葛城允诺后，就指示身后学生们先行离开。

"我留下应该没关系吧？"

一之濑没有异议，轻轻点头。我们为了不妨碍行人通过而靠墙站了站。

我不知不觉地加入谈话，站在一之濑身旁。从葛城看来，我好像只被他当作是凑热闹的。他没特别深究什么。

"你应该已经对考试内容有头绪了吧。不过，你请所有小组拒绝讨论是真的吗？假如是这样，你能不能再重新考虑一次呢？这次考试是以对话为基础来寻找答案。你的做法使考试本身就不成立了吧？"

A班在前面三次的讨论中都保持沉默。这个铁壁战略应该不是一之濑单枪匹马就能击溃的东西。就一之濑的立场来说，这行动也可以说是在寻求击溃A班大本营的契机吧。那么，葛城的反应是……

"我从昨天开始就已经被追问到耳朵都长茧了。不过你竟然这么晚才来找我。"

大家比我想象中还更清楚这是葛城的作战。

"我也有我的苦衷呢。所以，葛城同学。关于刚才的问题，我无法赞同保持沉默的方法。能不能请你重新考虑呢？"

葛城直截了当地抛出自己的想法：

"无论是谁，我的回答都是一样的。我是为了胜利而定下这项战略。我自认当中有堂堂正正的理由。你认为这次考试是一定要进行对话，所以才会否定，才会不赞成，但这是不对的。这次是一场 Thinking、思考的考试。你要是放大解读这点并且误解，那就伤脑筋了。我可是好好依据考试规则去思考才想出拒绝讨论的做法的。这没有任何问题。"

"但葛城同学你的这种想法，就像是在拒绝考试呢。"

"虽然这话很难听，但是没错。不仅是在这场考试，今后的考试中我也打算执行不会造成结果差异的计划。这作为维持我们 A 班目前位置的手法，我认为没有任何不对。"

"如果这是班级之间对抗的考试的话，我想葛城同学你的想法没有错。可是现在是混合所有班级的考试。这真的就是正确的方法吗？"

一之濑为了改变不回应讨论的 A 班而接触葛城，但这次葛城的意见是正确的。考试结果有四种。葛城不过是对组内小规模竞争没兴趣，而采取维持 A 班领先的措施。

"你应该清楚继续讨论也没意义吧，一之濑。我不会改变想法。"

"真是败给你了呀。"一之濑苦笑着说道，一面挠挠后脑勺。看见她毫不气馁的模样，她早就很清楚葛城不会改变做法。这应该是"运气好的话或许会成功"的期待。

"你打算挣扎吗？"

"当然，毕竟这是考试呢。"

一之濑和葛城两名实力者的想法互相碰撞。

"很遗憾，我已经看见这场考试的结果。既然我们 A 班表明不参加，你们能做到的事情就会受限制。你们是不可能会有胜算的吧。"

即便三个班团结起来，这也不是能简单取胜的考试。只要揭穿优待者真面目，任何人都会背叛。既然叛徒会得到好处，就很难维持合作关系到最后。不能平均获得报酬的话，也不会产生合作的理由。

"我倒想问你。假如你是 A 班领袖，你会怎么做？难道你不会展开相同的作战吗？"

"谁知道呢？如果我是 A 班领袖的话，我应该会在累积经验之后再展开防守的战略。一开始就不断逃避，岂不是很辛苦吗?"

葛城就像觉得自己真是问了一个愚蠢的问题一样,闭上双眼,双手抱胸。然后再次和一之濑对上视线。

"不过我认为如果你是我的话,也会采取与我相同的措施。为了保护自己班级,不会在乎别人的批判。"

觉得一之濑拥有与自己相同信念的葛城如此宣言。

一之濑对这份解读露出温柔的笑容,轻轻带过。

"很抱歉耽误你的时间。我多少能理解葛城同学你的心情和想法了。"

"那就好。那么我告辞了。"

一之濑在原地一动也不动地目送葛城。

"这场考试从防守方看来还真轻松呢,只要不做多余的事情就好了。"

而想要点数的班级就得在摸索过程中拼命搜集线索。那也面临着很大的风险。如果猜错优待者,就会给班上添极大的麻烦。

"话说回来,神崎同学他们都不出来呢。"

葛城他们 A 班动作很快,可是除此之外就没人出来了。

"你打算等神崎同学吗?"

"绫小路同学你在等堀北同学,对吧? 我也有事想问问她呢,我们就一起等吧。"

她随时都能和神崎说上话,不过跟堀北讲话的机会却很有限。

虽然很遗憾，但既然被葛城随便敷衍过去，或许她是想要寻求其他班意见。只不过，我不认为会有那种击溃葛作战的手段。

我们接着又等了三十分钟左右。龙组房门终于又打开了。出来的是除了龙园之外的C班学生。接着是栉田和平田。

"咦？绫小路同学，你在这种地方干吗？难道是在等堀北同学？"

栉田向我搭话。昨天的光景瞬间闪过脑海，使我的身体僵硬。但栉田还是跟平时一样，没有异常的地方。真是有点遗憾。

"你好，栉田同学。"

"哇，一之濑同学。这还真是令人意外的组合呢。"

栉田好像不清楚我们认识，藏不住心中的惊讶。

"我们在等堀北同学和神崎同学，他们还在讨论吗？"

"他们现在好像在和龙园同学说话哟。要不要进去？"

栉田像在说"请进"似的把手放在门上。

"不用啦。如果他们正在讨论的话，那我再等等好了。"

"没关系。你看，规定的考试时间只有一小时。除此之外的时间，进出都是自由的哟。再说，里面情况也不一定就是在讨论关于考试的内容嘛。"

栉田用有点强硬的态度打开房门，邀请我们入内。

我跟着无法彻底拒绝邀请的一之濑走了进去。

我和平田用眼神简单地互相打了声招呼。

房间里的三个人保持着一定的距离坐着。简直就是三方互相牵制的状态。

虽然状况不是很紧迫，但是也不轻松。这异样的空间里的三人，因为外人的进入，视线都各自望向了我们这边。堀北和神崎的表情没有特别改变，不过龙园好像是觉得很有趣一样。他轻轻发出笑声，举手呼唤一之濑。

"嗨，你是特地过来侦查的吗？别客气，坐吧。"

"这组合还真是相当有趣。我对你们在规定时间外讨论什么很感兴趣呢。"

"呵呵。我本来以为你和神崎会在这组呢。可是没想到你却在其他组。而且，居然还被分派到最无药可救的一组。还是说，你不过是这种程度的人？"

"讨厌欸，龙园同学。不管什么分配，毕竟是校方决定的事，详情我也不清楚呢。我们只是在用学校给予的信息应考而已。如果照你这说法，那顺序不就颠倒了吗？也就是学校是故意这样分组的吗？"

一之濑表现得像是什么也没发现一样，但龙园不是那种会轻易相信的男生。他一边轻笑，一边缩短与一之濑之间的距离。好像没把我放在眼里。算了，就我个人来说，这样才比较值得高兴。

"要是你没发现，我就告诉你吧。这次所有分组明显都是由老师们刻意分配的吧？这么一来，B班第一的你会落选，其中理由又会是什么呢？"

"咦，这不是随机，而是指定的小组呀。我是发现了你们这组都是由优秀的人组成。其他组也都是指定分配的，对吗？谢谢你，我很感谢你的忠告。不过，你对我透露这种消息不要紧吗？"

一之濑就像是在说这全都如她所料，而如此迅速答道。我没有漏看龙园脸色有所改变。人如果遇到自己无法想象的事，通常都会感到惊讶、不知所措，抑或是投以怀疑的眼神。但一之濑没有表现出这些反应，还对忠告表示感谢。这反应并不寻常。这当然可以理解成是她故意佯装不知。假如把一之濑开朗爽快的性格加进来考虑，或许就可以理解成——她明知真相，但是故意隐瞒。我不清楚龙园是否把人的本性理解成是"利己"，但是他非常有可能会从一之濑的反应中，发现她不过是在装傻而已。虽然只是一句对话，但给予对方的信息量却超乎想象地庞大。

这个情况下，一之濑有没有发现校方刻意决定学生分组已经不太重要。她为何要隐瞒、抱着什么心态不说出口，才是最重要的事情。彼此揣测、互相竞争就是这么回事。

"话说回来……"

龙园有点惊讶地对我轻轻一瞥。

"虽然我也非常好女色，但你的程度却在我之上欸。铃音也好，一之濑也好，你老是跟在人家屁股后面。"

我没有这种打算，可是被这么一说我也无法否定。对龙园来说，他也并非对我有兴趣吧。他没有继续对我说什么。

"你来得正好，一之濑。我有个有趣的提议。"

"提议？我就姑且听听。是什么提议呀？"

"那是件无趣的事。光是听他说就是浪费时间。"

堀北好像已经听过那项提议，而斩钉截铁地说道。

"这是为了击溃 A 班的提议。我不认为是坏事呢。但铃音和神崎都表示反对。"

"到底是什么呢？"

"我 和 铃 音 说 过 了，我 已 经 掌 握 C 班 所 有 的 优待者。"

龙园如此开口。就像葛城有他自己的想法那样，龙园也说出他自己的计策。

"三个班共享所有优待者的情报，然后顺利通过考试。"

也就是说，正因如此他们三人才会聚在一起吧。

"这是个相当大胆的点子，但我觉得这不大可能实现呢。说起来，龙园同学你掌握 C 班所有优待者的事情是真的吗？"

"你无法信任我是理所当然的。这次要我立下誓约书也无所谓。写下互相分享Ａ班的优待者一事。这样除了Ａ班之外的三个班级都能获得好处。"

这提议是"假如Ａ班要一直保持沉默的话，那我们就团结起来"这种非比寻常的策略。

"就算写了誓约书，要是Ｃ班背叛一切就结束了。"

堀北会这么拒绝，也是很自然。据我所知，龙园从前就在和Ａ班联手。然后，龙园在无人岛上的考试中也早已背叛。即使如此，葛城也没流露出不平、不满，应该也就是这男生手腕高明的证据。

作战本身不是个坏提议，但提议者如果是龙园，就不可能顺利进行。

"但如果我们无法像龙园同学这样掌握优待者身份，那这就是难以达成的提议呢。"

"就算你佯装不知也没意义吧。你不可能对自己班上实际状况都没有把握。"

他们两人都面带笑容，但气氛却瞬间剧烈改变。这氛围微微刺痛着我的肌肤。

"你太高估我了哟。这是我想都没想过的事。我也没有这么受信任哟。再说，这是高风险、低报酬的事。我实在无法答应。"

"就算是秘密主义也好，但该出手时就出手。"

"在你看来的话应该是这样吧。你现在强硬搜集信息，只要撒网抢夺的话，要升上B班也不是梦呢。"

"如果D班的堀北同学也反对，说起来这项作战方案就不成立了呢。"

"这也难怪。因为铃音有即使想要赞成这项作战方案也办不到的理由呢。"

"……这什么意思？"

"你也很清楚吧？这项作战必须掌握自己班级的详细情况。D班完全没有团体合作，是不可能执行的，对吧？班级分成两派的A班应该也办不到。"

气氛又改变了。这次是那种混浊且沉重的气氛。

"不过，若是支配班级的我，以及拥有极高人气的一之濑，这就是能执行的方案。我刚才虽然提出三个班联合作战，但这件事即使是两个班也有可能实现。看穿规则的准确性说不定会下降，但是我会设法办到。这么一来，A班和D班就不战而败了。"

这是关系要好的两个班级，互相分享D班和A班优待者的提议。

"但高估你了呢。"

局势又再次出现变化。改变局势的人是龙园。

龙园在堀北与我，以及栉田这些D班每个人都在场的情况下发表自己的看法。龙园期盼B班倒戈合作的态度让人无法理解，而且毛骨悚然。

假如这不是故弄玄虚，那龙园借由知道班级优待者，或许就快要掌握到什么了。还差一步他就能抵达终点。

如果真是这样，对D班来说，这就会是个关键吧。

"虽然是我多管闲事，但是这应该还是不会成立吧？"

我本来决定静观其变，但是我判断堀北的态度在此会招致恶果。

就算一之濑和D班联手，我们也不晓得可以相信她到什么程度。既然这样，现在留下一之濑和龙园合作的可能性就非常危险。

"跟屁虫，你听得懂刚才我说的话？"

龙园调戏似的笑着。我也决定不耍花招，抛出老实的意见。

"假如B班和C班联手，下次不就会是A班和D班联手了吗？虽然现在D班确实不团结，但是我觉得如果为了考试，再怎么样我们也会团结起来。这点我想A班也一样。"

"我和一之濑联手的事，不必现在就决定。你也没有手段来确认我们两个班是否真的在合作。你以为用这种不确定的要素葛城就会跟你们合作吗？"

葛城确实是个谨慎的男生。他应该不会没根据就轻易行动。不过，正因为他曾经被龙园背叛过，所以会有交涉空间。

　　堀北因为我的这席话，也发现不能让这种合作关系成立。

　　"这种讨论是不会有结果的呢。"

　　"这话是什么意思，铃音？"

　　"绫小路同学确实是讲到重点了呢。如果你们打算继续在此进行协商般的讨论，那我方也只会以'你们在合作'当作前提来采取行动。"

　　"正合我意。我可是很期待你们能不能建立起合作关系呢。是吧？"

　　龙园四处随意散播敌意，同时还厚颜无耻地向对手伸手。堀北对这点则表现出奋战到底的态度。这样才会有牵制一之濑的效果。

　　要是B班现在在此背叛D班，B班就会被所有班级当成叛徒吧。

　　为了获得点数，会轻易背叛对方——如果被贴上这种标签，在今后漫长的校园生活里，就会成为一件扯后腿的事情。

　　"抱歉呀，龙园同学。B班里面也有因为你的行动而受伤害的人。假如只是可能会获得点数这种理由，我无法轻易和你合作。"

　　"这样啊，这还真遗憾。"

　　他看起来一点也不遗憾。因为他一开始就不觉得合作会成立。

龙园起身打算出房间，和我们擦肩而过。

在离开之际，龙园又再次看了我一眼。

说不定这是他无意间的举止，但他碰巧与我视线交错。

"……应该不可能吧。"

我对于竖起耳朵才勉强听得见的话当然没表现任何反应。

龙园轻轻摇头，接着离开。

"啊，我也差不多要走了呢。因为我和朋友有约了。"

栉田道歉后，也离开了房间。结果，留下来的是平时的成员。

"好像被看穿各种事情了呢。啊哈哈。"

一之濑没特别焦急，轻轻叹了口气。

"感觉好像很辛苦欸。被那种人给盯上。"

"他名字里虽然有龙字，可是他却是蛇呢。我感受到他那发现猎物就会咬到底的执着。可是现在比起我，堀北同学你们才辛苦吧？龙园同学就不用说，A班也正戒备着你们。以B班立场来说，想到和他们迟早会成为敌人，我就觉得担心。"

哎，也是。至今完全沉在谷底的D班，在无人岛上的考试中崭露头角。对其他班而言，那件事使D班摇身一变，成了该戒备的存在。

"没问题吧。堀北不是那种会被压力给击垮的人，对吧？"

"当然。"

即使是在虚张声势，也可能发挥她真正的价值。但是唯有这点，我并不清楚会在何时发生。会是在今天吗？还是十年之后呢？不过，我们多半都是在发挥真正价值之前，在长大成熟后就停止成长。

"堀北同学，还有绫小路同学。知道我们合作关系的人都到齐了，所以我就问喽……你认为这次考试中会形成跨班级的合作关系吗？"

"虽然没必要特地敌对，但要提出合作应该也很难呢。因为在考试构造上就算两个班级合作也会很不完整。况且，D班和B班不可动摇的合作才是必要条件。我不认为这会成立。"

"嗯，不愧是堀北同学。你对考试很了解呢。龙园同学的点子是纸上谈兵。和你联手果然是正确答案。"

面对和自己价值观相符的堀北，一之濑看起来有点开心。

"嗯，龙园同学的作战告吹。我们大概可以不必担心了。问题是葛城同学的防守作战呢。你们和他本人说话，他的反应感觉怎么样？"

一之濑向堀北和神崎询问葛城的情况。

"我昨天也说过了。剩下的小组也都同样是那种冷淡态度。搭话的话有回应，但完全感受不到他们想参与对话的意愿。考试结束为止他们都不会改变立场吧。即使葛城不在你那组，他们态度也一样吗？"

"嗯，我这边也不行。果然只能用其他方法了呢。"

剩下的机会还有三次。各组必须利用这些机会找出答案。

为了全班，或为了小组，抑或为了自己。

"那我先回房间了。"

所有人出了龙组房间之后就随即解散。堀北回了自己的房间。

途中，等待一之濑的滨口前来会合。

一之濑目送完堀北的背影之后，就对我如此开口：

"如果可以的话，你能不能陪我一下呢？"

"嗯，这没问题。"

我旁边有一之濑他们 B 班的三名学生。有点不自在。

接着，我们和神崎分开。我和剩下的人去了甲板，穿过已经切换成玩乐模式的学生们，在稍微安静的位置停下脚步。

"虽然堀北同学那么说，但我认为我们有合作的空间。"

"合作的空间？"

"嗯，我虽然很惊讶 A 班对我们保持距离，不过我认为这是机会。我在想为了这件事，是不是有必要把一切都摊开来。"

"把一切都……"

"这场考试归根结底，是找出优待者吧。既然这样，我觉得尽量掌握不是优待者的人，并且提高正确率才是明智的。所以我才要和你说……我并不是优待者。但我打算找出优待者，并为小组带来胜利。"

一之濑看着我的双眼，一字一句地说道。她还补充道：

"假如我是优待者，我想我会隐瞒身份到底。即使被你问也一样……理由很单纯，因为我会为了 B 班竭尽全力。"

那句话将我笼罩在难以言喻、谜样的氛围之中。

据我观察一之濑至今行为看来，我对她现在这招感到疑惑。

假如她真的打算在现在说出一切并寻求协助，就应该主动出示手机，赢得百分之百信任，才合乎常理。

然而，一之濑却没要这么做的迹象。

我应该把这句话理解成她是个单纯的笨女人吗？还是应该把这看成她在背后构想着某些环节呢？这非常困难。也许在此先表现出老实接受的态度才比较说得过去。

"这样……很奇怪吗？"

一之濑看我沉默，不安地说道。

"不，抱歉。这并不奇怪。只是你太坦率说出来，我很惊讶而已。一般情况不是应该会在这里说谎掩饰吗？说假如自己是优待者，就会选择小组胜利的选项。"

"我不会在这种事情上说谎。考试上竞争时我确实也会撒必要的谎，但平时我想尽可能诚实做人呢。"

"我会说出一切是为了班级光明正大地胜出。我认为借由逐步锁定对方是不是优待者，可以看见通往胜利的道路。啊，绫小路同学你可以不用勉强回答哟。我只是说出我的想法。因为我觉得要是把这点告诉给你，事情应该会比较容易进行。"

"即使没办法以最大限度发挥合作关系，先巩固关系也不是坏事。要是我不在这里回答你，之后可能会伤害到班级之间的关系呢。"

"不不不，没有这回事哟！"

一之濑急忙说道。但我不该在此有所隐瞒。

刚才一之濑说的话毋庸置疑应该是真的。她就算在这里成功欺骗我，背叛所得到的报酬也很微小。不惜舍弃与堀北之间的协议，来榨干D班，是没有意义的。我就一五一十地告诉她D班的情况吧。

"我也不是优待者，还有幸村也不是。关于幸村，我可以断言他绝对不是优待者。只是很遗憾，关于轻井泽和博士……不，是外村，我并不清楚他们的情况。另外我赞成你的方针。我一点都不反对。"

　　幸村告诉我他听说轻井泽和博士都不是优待者，可是我最好还是不要未求证就全盘接受。在此还是不要轻率断言为妙。如果他们真的是优待者，我很可能就会失去信用。

　　我会断言幸村不是优待者，是从那家伙的言行、态度来判断的。总之，幸村无疑不是优待者。

　　"抱、抱歉呀。感觉是我硬逼你说出来。"

　　一之濑像是被罪恶感袭击，而低头道歉。你没必要道歉。因为"不得不道歉的迟早会是我"。

　　"滨口同学。可以耽误你一下吗？"

　　"请问有什么事呢，一之濑同学？"

　　滨口一走近，一之濑就开始把刚才的情况说给他听。我乍听之下，很意外的是一之濑隐瞒了她和D班的合作关系。我还以为照一之濑的性格，她已经得到班上赞同了呢。

　　"既然已经从他那里得到确认，那我也不能拒绝了呢。我也不是优待者。你可以相信我。"

　　考虑到他和一之濑之间的关系，我觉得可信度很高。在此说谎没有好处。因为败露时，和堀北之间的合作关系很可能会出现裂痕。

　　但是，假如他们采取彻底不露出马脚的作战计划，就另当别论了。

　　"你没有确认自己的班级啊。"

若是备受爱戴的一之濑，就算不使用龙园那样的统治方法，感觉也能掌握全班的状况。

"这应该是看个人的吧。应该也会有想要点数的人。我也不能擅自夺走他们被选作优待者的权利呢。"

"不过我也会去和剩下的一个人确认。要是他愿意坦率地告诉我，之后我就会向绫小路同学你转达。"

"谢谢你。不过关于 D 班，我可以告诉你们的并不多。老实说，我们班同学之间关系很疏远，就算他们愿意告诉我也不保证会是事实。"

"嗯，没关系。只要有绫小路同学你愿意帮忙，我就心满意足了哟。"

这么一来，我们三个就会站在公平的立场互相讨论。兔组的合作便成为可能。我、一之濑、滨口，以及从言行态度看来可以确定不是优待者的幸村——除去这四个人的话，目前优待者候选人就有十个人。当中无疑潜藏着优待者。

无论如何，这应该和无人岛上找出领导者相同，又或者会是个更难完成的任务。优待者应该也会感受到压力，但要是小心不做出露骨行动，就可以隐瞒到底。

"那么，请问之后你打算怎么找出优待者呢？就算直接询问，我也不认为对方会坦然出面。要像我们一样只凭口头就可以互相信任，应该很困难吧。"

"这次考试，不就是要对这件事设法做点什么吗？"

就是这样。这是场难度非常高的考试。

一之濑借由新的动作，开始为僵局带来变化。

2

只要我们不是那种可以看透所有谎言的超能力者，要识破优待者身份就会很不简单。

人是与生俱来的骗子。我们习惯说谎。

假如有不会说谎的人，那其存在本身就是个谎言。对人来说，我们和谎言有着无法分割的关系。即便是善意的谎言，它是谎言这点也是不变的。

至少，这房间的学生之中有一名优待者。

虽然距离考试开始还有时间，但我会像上次一样最早过来，是因为想观察所有人的举动。晚上的考试中，最早过来的是C班的女生团体。

她们一面吵吵闹闹地开心谈笑，一面进了房间，不过发现我坐在里面，就有点不好意思地降低音量，与我保持距离坐下。

接着，幸村摆着一副严肃的表情进了房间。他简单和我眼神交会，就在附近坐下。看起来和平时没有什么不同。

之后，来的是A班一行人——町田、竹本以及森重。

他们一如往常选择沉默，坐到了最里面的位子上。

"唉，町田同学。今天考试结束之后，要不要和我们出去玩？我们三个女生打算出去玩，但是找不到一起出游的对象。"

"这个嘛……"

虽然町田不参加讨论，但是他的存在感在女生中很强烈。除了一之濑和伊吹，女生好像全都对町田很感兴趣。我才不羡慕他……或许只有一点点羡慕而已。虽然我不知道C班是否几乎放弃找出优待者，或者说不定这也是战略。她们邀了町田出游，之间的关系应该会逐渐加深。

町田没有马上拒绝，露出思考动作，他看起来有点开心。

接下来到的是D班的博士和轻井泽。与其说是一起过来，不如说好像是碰巧同一时间过来的，轻井泽露骨地表现出厌恶。她一进房间，就像在和博士保持距离似的打算坐最里面的位子。

"唉，那里是我的位子欸。"

晚到的轻井泽郁闷地瞪着先到的C班学生。

看见其他女生亲密地和町田说话，她就更加地显露出焦躁。

"我不懂你的意思。什么叫你的位子？你随便去坐其他地方不就好了？"

"我要坐这里。让开。"

"什么？刚才我在跟町田同学说话欸。我们正在约他晚上出游呢。"

"唉，町田同学，你也能帮我说话吗？说要我坐在你隔壁。"

町田的样子有点伤脑筋，犹豫应该站在哪边。然而，轻井泽立刻就了解这情况，于是挤进真锅和町田两人之间，握住町田的手。

"下次我们单独出去玩嘛。还是说，你已经和这个人约好了吗？我讨厌脚踏两条船的人，所以如果你要和这些人出去玩，这件事情就只好当作没有了……"

嗯，这是在等人吐槽吗？她正在和平田交往，却可以光明正大说出这种话。还真厉害欸。

被"单独"这个词吸引的町田，好像已经决定要选择哪一方了。

"你能不能让下位子呢？因为轻井泽中午也坐在这里呢。"

"什么？什么嘛。真是火大……"

C班女生仿佛在说我也不想坐你旁边似的离开了那地方。

接着，轻井泽就滑进空出的位子，坐了下去。

她好像几乎紧贴着町田……不，是已经挨着身体了。

我不觉得这种行为很轻浮，是因为我很了解轻井泽的为人。

轻井泽正在和平田交往。虽然不晓得町田知不知道这件事，但是与其说町田对轻井泽敞开心房，倒不如说是好像开始对她怀有好感。光论外表的话，她毫无疑问很可爱。从被她喜欢的那方来看，就会变得想去保护她。

有趣的是，尽管这是昨天才刚成立的临时小组，也已经开始产生蕴含权力关系的独立生态系统。

落单的落单，献媚的献媚，控场的控场。不过，这和平时并不会完全相同。例如说，假如同地方有两个控场角色，其中一方就会被筛选淘汰。这也是弱肉强食的缩影呢。在这场竞争中的落败者，就会不得不往下降一个阶级。根据情况不同，也会一口气降到最底层，成为有跟没有都没差别、空气般的存在。要说的话，就是我这种人呢。

这场考试的有趣之处，即在于跟平时当作敌人在戒备的家伙们编列到同组。

以在伙伴间拥有极高人气为傲的一之濑，明显对敌人影响力很薄弱。假如是平田的话，他应该可以促成一个比较团结的小组吧。

"各位，请多指教哟。"

一之濑一来到房间，就替阴郁的房间带来了活力。我想她立刻就察觉到了现场气氛沉重。她没有贸然向大家搭话。

话说回来，轻井泽的行为太过强硬了，我有点无法理解。就算真的想和町田变得亲近，也不必露骨地与C班女生起纠纷到那种地步。

只不过——我隐约觉得这件事好像和考试没有直接关联。

因为我第一学期认识轻井泽以来，一路都看着她性格所致的种种行动。

不管是这次小组的这种小规模，还是以班级为单位的大规模，轻井泽应该都希望自己是第一吧。当然，要站在女生的顶端并不容易。假如是像一之濑这种有向心力的才女就另当别论，但如果没有优秀能力，这也是没办法的。

可是，校园生活中"人际关系"才是决定金字塔阶级制度上下级的关键。事实上，轻井泽借由强硬措辞与态度，在D班当上女生的领袖，甚至成为平田这个引领班级人物的女朋友。即使在男生中也获得了很大的发言权。

假如把轻井泽这学期的行动套用在她现在的行为上，那就可以理解了。只要把感觉很不可靠的男生组员中最强势的町田拉拢，就能在这间房里握有主导权。

事实上，C班学生们面对这无法违抗町田的状况，也都不甘愿地作罢。

这样的话，抱着被讨厌的觉悟拿下主导权，轻井泽能够得到的会是什么？

优越感？

自我满足？

自我展现欲？

虽然看不清真相，但我有点眉目了。

"这样不太妙啊……"

"对啊，要是再这么下去，就会以优待者获胜而结束……"

坐我隔壁的幸村把我的话理解成担心考试，而如此答道。否定也很费事，所以我没有过多解释。

"那，这次A班也不参加对话？"

"当然。你们就随意讨论吧。我们的方针没有改变。"

威风凛凛如此断言的町田身旁，有个抹去喜怒哀乐情绪的学生。据我所知，A班现在分成葛城派和坂柳派。森重是无人岛考试中对葛城举旗造反的男生之一。

平常的话，他应该不会乖乖听葛城的意见，可是坂柳因病缺席，没参加这次旅行。

既然请示的对象不在，就只好乖乖服从。应该是这样。

我还以为D班在无人岛考试中乘虚而入给予A班打击，葛城说不定就会失去作为领袖的向心力。但他们好像不会因为那点事就瓦解。从森重这两天始终沉默这点看来，他大概也认为这场考试只能忍耐。

"一小时不说话也很浪费，我们这次还是来玩扑克牌吧。"

一之濑也习惯了，说完随即拿出扑克牌。

这场考试有各式各样的应考方法。一之濑想用积极对话来锁定优待者，而葛城想借由保持沉默来求安定。龙园与所有人为敌，但他借由掌握班级所有情况，正找寻着考试构造以及其根本规则。

然而——他猜对到何种程度，揭晓时才会知道。

结果这次的一小时我们专心玩扑克牌，之后就解散了。

虽然幸村拼命观察，但他似乎无法从大家身上掌握优待者的线索。

这点其他学生也都一样吧。大家应该差不多下了结论——假如重复进行对话，优待者也不会出面。我观察着所有人离开房间的顺序。

总是很快就出去的 C 班学生还没有动作。相较之下，动作更快的 A 班，则一如既往最先出了房间。町田好像在和轻井泽交换联络方式。他留下一句"下次我会联络你"就离开了。接着，幸村和博士也站了起来。

"回去吧。绫小路你也走的对吧？"

"嗯。"

轻井泽几乎与我们同时起身，她边讲电话边站了起来，好像是觉得有趣似的笑出了声，出了房间。C班的三个人接着从我们身旁走过。

"你们不觉得刚才那三个人的样子好像很奇怪吗？"

幸村也察觉到变化，露出有点狐疑的表情。

"是吗？在下没发现是也。"

先不管措辞奇怪的博士，幸村感觉到的异样感是正确的。看来C班累积了相当多的愤恨。

我和幸村悄悄从房门窥视走廊情况。

接着看见那三个人紧追在轻井泽正后方。我最担心的是她们少了一个人。唯一对轻井泽没兴趣的伊吹不在。

"是不是要起纠纷了？"

"怎么办？"幸村说道，看向我。

"先追上去吧。我想这不会变成暴力事件，但也许会成为一场骚动。"

"真是的，轻井泽那家伙。随便就做出那种招人怨恨的事……我们光为了找优待者就已经竭尽全力了欸。"

我们决定让博士先回房间。我和幸村则悄悄跟在她们四个人身后。

我们转弯之后，就听见紧急出口"啪"的关门声。电梯并不拥挤，没有必要使用紧急逃生楼梯。也就是说，这是有其他目的。

"你们把我带到这种地方想干吗？"

我偷偷打开紧急出口的门，听见附近传来这种声音。

"别装傻。是你撞飞梨花的吧？"

"什……什么啊？为什么是我？我不是说过你们认错人了吗？"

她们三个围住轻井泽，把她逼到墙边不让她逃走，但轻井泽就算在这种情况下也不道歉，并否认此事与自己的关联。真的是认错人了吗？

"我接下来还有事，能请你们让开吗？"

"既然这样，你就让我们确认呀。我现在就把梨花叫来。假如不是你，我们就原谅你。"

"我不懂你的意思。我会跟老师告状。"

"你要跟老师说什么？我们又没施暴。既然如此，就算我们把你撞飞梨花的事情告诉老师，那也无所谓喽。"

既然决定挑起争端，对方好像也不打算作罢。她们抓住试图逃跑的轻井泽的手臂，再次把她押到墙上，重新包围起来。

一名女生为了和叫作梨花的人取得联络，开始操作起手机。

"等、等一下啦。"

看见这情况的轻井泽明白她们是来真的，于是就要求她们停止操作手机。

"干吗？为什么要等？"

"……我刚才想起来了。想起之前有人和我相撞的事。"

"少装傻。你明明一开始就记得。算了。你会好好跟梨花道歉吗？"

"道歉？明明是那女的自己的错啊。谁让她这么迟钝。"

我还以为轻井泽要承认是自己的责任，没想到她却这么强势地一口咬定自己没错。尽管她非常清楚这会惹火她们。

"这家伙真的让人很火大。我还想着要是她向梨花道歉，就原谅刚才对我们做出的事。现在我不会再原谅她了。"

真锅用手使劲推了一下轻井泽的肩膀。

"反正你们一开始就不打算原谅我吧……"

至今一直站在真锅身后，一名叫山下的少女，因为轻井泽这句小声嘟囔而失去了理智。

"小志保。我也已经达到忍耐的极限。我们真的不能原谅轻井泽。"

"我也这么想。我想她对梨花也绝对是同样态度。要不要狠狠欺负她？"

这次，她比刚才还更用力地用手又推了一下轻井泽的肩膀。

幸村一瞬间打算开门，可是我抓住他的手臂制止了他。

就算在这阶段制止，她们近期内说不定会再次袭击轻井泽。既然这样，让轻井泽在我们监视着的现阶段被她们小惩一番，才会有今后制约她们的力量。

最重要的是，我对轻井泽惠的看法现在正在改变。

"呼、呼……"

轻井泽的呼吸逐渐变得急促。她好像很痛苦，而用双手按着头。

这种痛苦模样别说博得真锅她们同情，甚至还更惹火了她们。

"事到如今就算你装得像个女生，我们也不会原谅你。"

她抓起轻井泽的头发，强行抬起她低着的脸庞。

"我讨厌轻井泽的长相。她不是长得很丑吗？"

"真的。干脆就把她的脸给弄烂吧？"

"住、住……住手……"

"哎呀，她说住手欸。你刚才为止的气势都怎么啦？"

只要越憎恨对方，就会越是彻底否定对方优点。

如果光论姿色全场都会一致认为轻井泽更出色，可是对真锅、山下、薮来说，好像不连轻井泽端正的长相都否定的话就不服气。

轻井泽开始颤抖起来，最后快哭了出来，同时抱着头一动也不动。

那模样丝毫没有平时的样子。

人的本性在困境中才会显露出来。

只要再等一下，我就可以对轻井泽惠有更深的了解。

然而，幸村好像无法忍耐，而表现出多余的正义感。他不听我的制止，打开了门。她们三个对于不速之客的登场当然大吃一惊。另一方面，轻井泽就像是觉得自己得救似的瞬间露出放心的表情。

"你们在做什么？"

"在做什么……没什么啊。我们只是在跟你说话而已，对吧？"

真锅仿佛在告诉轻井泽"别说多余的话"并瞪着她，但她不是会因为这种事就畏惧的人。

"幸村同学。你跟她们说句什么嘛。这些家伙把我强行带走，还对我施暴。真的是太差劲了，对吧？还说我很烦人，要我消失。"

平常完全不把幸村放在眼里的轻井泽，应该觉得他能够在这里出现很令人感激吧。看得出来她有点放下心来。

C班那方用力地瞪着我们，像是在说——这和你们无关吧？

"我们只是在帮忙解决轻井泽同学和梨花之间的问题。你们听说过她们相撞的事情了吧？"

"……和平解决不是比较好吗？就算她们相撞，轻井泽好像也并没有恶意。”

就幸村的立场，他也只能这么回答。

"你闭嘴。这与你无关吧。"

"……"

被瞪着这么说，这回幸村也只能闭上嘴。

轻井泽用看着没用男人的眼神望着幸村，同时悄悄拿出手机。

"赶快离开啦，否则我要叫人了。"

"你要叫谁？平田同学？町田同学？还是说，你还有其他男人？"

女生之间的争吵虽然钩心斗角，但这大概是因为她们和男生不同，很难借由暴力来解决事情。对于被卷入的我们来说，这是个就连眼睛该看哪里、耳朵该不该听，都很伤脑筋的状况。

"刚才老师就在附近哦，我想你们最好还是快点走。"

我无可奈何地踏入紧急出口这么说道，催促她们解散。

即使是C班，她们应该也不想现在引起骚动。

"我绝对会让你对梨花低头道歉。"

这是对方无论用什么手段都会达到目的的威胁。轻井泽拼命摆出强势的表情，但我一眼就可以明显看出她已到达极限。对方应该也感受得到轻井泽这种状态。她们始终都是一副居高临下的态度。

"没事吧？"

幸村无法放着有点急促喘气的轻井泽不管，于是向她搭话。

"别管我！"

轻井泽"啪"地挥开幸村接近的手，让幸村远离自己。

"什么！我可是因为担心才来看你的状况欸！"

"烦死了！没人拜托过你那种事情！"

轻井泽如此扬言。她呼吸紊乱地往前迈了一步。

幸村仿佛被震住似的往后退了一步。

我心想多一事不如少一事，也往后退下。轻井泽也狠狠地瞪了我一眼，接着用力打开紧急出口的门，狠狠地关上。

"那家伙搞什么啊！每次都给人添麻烦！"

我也不是不能理解幸村愤慨的心情。就算是问题制造者也该有个限度。

幸村很疲累，他没有继续说话，就离开紧急出口，回了房间。

我在没人的紧急楼梯前，思考关于轻井泽的事。

统合 D 班女生的领袖所表现的这令人担心的一面，她刚才害怕的模样，看起来不单只是因为受到了威胁。

3

第二天结束后的半夜。白天笼罩喧嚣气氛的游泳池边，现在完全寂静无声，没有人烟。

我为了确认一件事，拿着手机等人。

学校分发的手机一开始就有学校老师的信箱，因此和茶柱老师取得联络很简单。这里是我和老师碰面的地方。

虽然说是盛夏，但这里是大海正上方。在高速航行的船只上，夜风甚至让人觉得寒冷。

"……让你久等了，绫小路。"

"没关系。比起这个，抱歉这么晚把您叫出来。"

"假如学生有事情要商量，班主任也有义务回应。不知道是好还是坏，你还是第一个单独叫我出来的学生呢。"

茶柱老师对D班没有多大兴趣。就算是说客套话，她也不受学生喜爱。即使有烦心事，应该也不太会有人和她商量。

"我有件事想请教老师……您的脸色还真差欸。"

因为光线很暗，一开始我没发现，但老师的表情就像快死掉似的阴沉。

"……别在意。你有什么事?"

我闻到了她身上的酒气。

"您说过这所学校没有点数买不到的东西。但即使如此，也有例外对吧。"

"嗯，是啊。当然存在例外。比如用点数买老师或学生的性命，学校也无法答应呢。"

"那么过去通过点数购买过最贵的东……"

我正在抛出问题时，感觉到人的动静，于是就闭上了嘴。

"哈啰！小佐枝。你好吗？"

出现的是星之宫老师。她是偶然出现在这个地方的吗？可能性微乎其微。

她应该是跟在茶柱老师后面来的。

"……你不是醉倒了吗？"

"咦？讨厌啦，我怎么可能会醉倒。我只是在装睡而已。"

"真是……你好像还是老样子酒量很好。昨天也好，今天也罢。"

"晚安！绫小路同学。你好吗？"

她靠过来，然后熟落地勾着我的肩膀，用满身的酒臭缠过来。未成年的我一点也无法理解，酒有这么好喝吗？光闻味道我就一点都不想喝。

"普通。不好也不坏。"

"真是一点也不可爱的回答欸……你是喜欢像小佐枝这种凶巴巴的大姐姐吗？"

"别缠着学生。你妨碍到我们的正事了。"

令人感谢的是，茶柱老师抓住星之宫老师脖子后面，把她从我身上拉开。

我脑海中闪过昨天偶然听见的对话。

老师也会互相戒备、竞争、欺骗对方，同时以好班为目标。

这只是单纯要提升自己的薪水吗？或者是像茶柱老师跟星之宫老师这样，彼此作为学生时代的朋友，有着无法一言以蔽之的理由呢？

校方和教师应该都毫无疑问维系着公平。假如泄漏多余信息造成了不公，就会是件大事。这责任是难以计量的。假如以这点作为前提思考，一之濑就算在不知情的情况下被分到兔组，那家伙拥有敏锐的洞察能力及观察能力，迟早都会奇怪为何自己会被分到兔组。要是她能理解成是单纯的巧合就好。不过，星之宫老师不擅长感情收放。她有可能让一之濑察觉——这是为了让一之濑刺探绫小路清隆。若是这样，那我该怎么应对才好呢？我一边思索，一边定下行动方案。

"你们两个在说什么呀？三更半夜在这种地方，岂不是个大问题吗？"

"大问题？对学生的烦恼，我认为陪他商量是理所当然的呢。"

"既然这样，那在更有人烟的地方会合不就好了。

像这样偷偷摸摸躲起来的话，感觉很可疑呢。"

　　茶柱老师面对前来刺探的星之宫老师，始终都维持冷静的应对。

　　"这是绫小路提的要求。他说希望商量时不被任何人看见。"

　　"哦。这样的话确实是没违反规定啦……"

　　"你要是理解了就快点回去。我也会随后回去。"

　　"是是，你们慢慢聊。但你们可不能做出逾矩的事情哟！"

　　星之宫老师留下这一句多余的话，就回到船里。她好像也没做出像隐藏自己气息、躲起来的举动。

　　"抱歉啊，她是各方面都很麻烦的老师。"

　　"不会。"

　　"那么继续刚才的话题。关于过去以最高额点数购买的东西。"

　　茶柱老师轻轻点头，就摆出稍作沉思的姿势。

　　"假如仅限于我就任之后，那就是'改变校规'了呢。当然，必须是在能够实现范围内的事。例如，把迟到的时间延长一分钟这种状况。"

　　茶柱老师终究不是就事实，而是以例子来回答。

　　"终究只是个参考范例吗？"

　　"你不满意吗？"

　　"算了，没关系。因为我知道了学校构造与点数的实用性。"

即使是微不足道的事情，也可以凭点数来更改学校的结构。换句话说，这也可以说隐藏着无限大的可能性。因此个人点数极为重要。

"这种事用邮件也能问吧。为什么一定要叫我出来？"

"邮件的话会留下记录。"

我留下这句话，就朝与星之宫老师离开时不同的那扇门走去。

虽然我还有好几件想确认的事，但现在先弄清楚这点就好。

"近期我会有事找您相求。"

我回过头，看见茶柱老师有些狐疑地看着我。

4

半夜时分，大约凌晨两点的时候，我隔壁邻居似乎醒了过来。

他尽量不吵醒在房里睡觉的其他三个人，慢慢从床上溜出去。由于学校规定学生要穿运动服睡觉，因此可以就这样离开房间。

我确认那男生不是要起来上厕所，就紧握自己的房卡溜出被窝。虽然不一定今天就会有进展，但是行动终于有成果了。

那名男生发现我醒来，就沉默不语地与我对上视线。

我不撇开视线，告诉他我有事找他。他就用手指表示他会在走廊等我。我出了房间，就看见那名男生……平田，有点伤脑筋似的等着我。

"是我吵醒你的吗？还是你一直醒着呢？"

"是后者。我在想你今天或许会偷偷溜出房间。"

"你为什么会这么想？我今天还是第一次半夜外出呢。"

我觉得贸然蒙混过去会适得其反，所以决定老实回答。

"你收到轻井泽的联络了吧？"

他因为我这句话大致上了解了情况。不愧是优秀的平田，他拥有无可挑剔的理解能力。

"难道你知道些什么吗？"

"毕竟我和轻井泽同组，有一定程度的了解。"

"所以你跟着我出来的理由是？"平田看来像在等着我的后文。

刚才的解释确实不成我半夜溜出来追这家伙的理由。

"之前你不是要我当你和堀北的中间人吗？或许可以如你所愿。"

"原来如此。换句话说你现在在这里，是堀北同学的指示。对吧？"

他理解得很快，真是帮了大忙。我不用多做拐弯抹角的说明就了事。

"包含轻井泽的事情，兔组的详情我都会详尽地向她报告。结果她了解到关于轻井泽的一些事后，就要我来监视你。也叫我跟在你后面偷听你们说话。可是，平田你和我说过希望我成为中间人。所以，我觉得这会成为一个很好的机会。于是才放弃偷偷摸摸进行。"

"她想知道什么呀？"

"应该是平田你所知关于轻井泽的一切吧，还有接下来你们的说话内容。"

至于为何需要关于轻井泽的信息，平田不了解兔组的实际情形，他不会懂吧。不过，他应该知道这会对日后造成影响。

"我不知道自己可以回答到什么地步哦。我也要顾及轻井泽同学的心情。"

平田说完这些，就在走廊迈步前进。他的样子冷静，完全感受不到他对突然的提议和请求有任何动摇。他的步伐很安静。这是因为他顾虑到现在是深夜吗？他连走路的方式都很注意。

他明明在床上躺了大约两小时，发型却没有很凌乱。在和他相处之中，我可以断定他这样不是为自己，而是为了顾虑让人看见时，不给对方带来不愉快。

"虽然我觉得你应该不会说多余的话，但接下来的话题相当敏感。轻井泽同学也可能拒绝谈话，直接回去。我希望你能理解并做好心理准备。"

　　虽然也有让我躲起来偷听这招，但平田应该不会同意。轻井泽明明不想让任何人听见才半夜叫他出来，他不可能允许我在背后偷听。既然这样，我还是老实答复比较说得过去。我没反驳，并且点头答复。

　　会合地点是地下二楼休息区的自动贩卖机前。它位于船内走廊的中央。地点本身很容易引人注目，但这位置要是有人靠过来就一定看得见。若是这里，要偷听也很难吧。

　　轻井泽已经先到了，她穿着一身运动服坐在沙发上。

　　因为听见脚步声而回头的轻井泽看见平田瞬间露出笑容，但她发现我跟在后方，就立刻变得很不高兴。她站起来对我抛出这句话。

　　"为什么绫小路同学你会跟平田同学在一起？"

　　"是我叫他一起来的。"

　　"为什么？我明明就说想要单独说话……"

　　"嗯，但我对轻井泽同学你在电话里说的事情有点担心。我认为请知道情况的绫小路同学过来会比较好。自作主张了，抱歉。"

　　轻井泽彻底不满，但在平田面前，她的态度也无法强硬起来。

　　"可是……我想要单独说……"

　　"但你在电话里说的事情，不是我们两人讨论就能决定的。"

我猜这有关她和真锅率领的 C 班之间的纠纷。不过，轻井泽是怎么和平田说的呢？假如只是为了消解愤恨，她不至于会说要像这样两人见面。

轻井泽因为有外人在而没开口说话。

虽然平田不是等得不耐烦，但他好像认为这样沉默下去也没意义，于是开始说他在电话里听到的内容。

"你刚才说自己和 C 班的真锅同学她们起了争执。这是真的吗？"

轻井泽对这问题欲言又止。她很介意我的存在，什么都不打算说。平田再次打破沉默。

"绫小路同学，你了解轻井泽同学和真锅同学起纠纷的事情吗？"

"大概了解。"

看来他好像觉得和轻井泽之间的对话不会成立，打算向我求证事实。

轻井泽看起来很不满，但即使如此，她也安分地听着。

这恐怕是因为我看见了轻井泽被真锅她们逼问的情形吧。

"依轻井泽同学所说，她被真锅同学她们找麻烦。听说她因此被带去没有人烟的地方，差点被施暴。"

"嗯，这是真的。老实说我也目击了那个场面。另外幸村他也看见了。"

"这样啊……"

平田沉思着，接着闭上双眼。这种时候，平田会如何判断呢？会为了斥责真锅她们，而把她们单独叫出来吗？或者是向学校通报呢？

"假如是真锅同学她们单方面施暴，那就必须应对。我绝不允许发生朋友之间的暴力事件呢。"

轻井泽听见这句充满正义感的发言，虽然只有一瞬间，但也露出了笑容。不过她一发现我在看，就马上恢复了不开心的表情。

"是轻井泽同学单方面遭到过分的对待。是这样没错吗？"

"不……"

我正要回答原委，就发现轻井泽正沉默地瞪着我。

即使如此我也不能说假话，因此我就把自己看见的、感受到的如实告诉了平田。

包括轻井泽之前曾经和名为梨花的少女有过纠纷以及真锅她们想要她对此道歉，还有轻井泽差点被她们施暴的事情。

平田听完后，就像在脑海中补足轻井泽所说的内容一样，点了好几次头。

"原来如此。所以你才会对我说出那种话。"

"哪种话？"

"轻井泽同学来跟我说希望我报复真锅同学她们。"

这是比我想象中更危险的事情呢。她身为曾经被袭击的这方，这想法应该是想在真正被干掉前先解决对方吧。轻井泽因平田泄漏这件事，而打破短暂的沉默。

"你为什么要说出来……"

"因为这很不像你。居然会想用暴力解决问题，这不像是你的作风。"

"你女朋友可是在伤脑筋欸！如果是男朋友，一般不都会愿意帮忙吗？"

"当然是这样。但是，我没有那种以眼还眼的想法。你知道的吧？"

他们两人内心中我所不知道的、像是信念般的东西正在彼此交错。

"接下来我们一起思考吧。思考怎么做才能跟真锅同学她们变得要好。"

"这当然是不可能的啊。因为我正单方面地被怨恨。你要理解我呀！"

"单方面？这是因为你一开始跟诸藤同学起纠纷吧？"

诸藤应该就是叫作梨花的人吧。他竟然掌握了对方身份，还真是厉害。

"可是那是……因为那没办法嘛……毕竟筱原同学她们都在场……"

"筱原在场，所以没办法？这是怎么回事？"

"你别插嘴!"

我提出疑问,轻井泽就立刻大声怒吼,高亢的声音响彻走廊深处。

"拜托你了。帮帮我吧……平田同学,你会保护我吧?"

"我当然会保护你。但是我没办法因不合理的理由伤害真锅同学她们。我会利用商量的方式引导你们得出彼此都接受的结论。"

"我就说不可能了嘛!要是这种事办得到,我就不会要你帮我了!"

虽然很不讲理,但我也能理解轻井泽的说辞。轻井泽现在所处的立场比想象中还危险。就算演变成真正的暴力事件大概也不奇怪。

校规是不会轻易奏效的。未成年禁止吸烟,这在全国任何高中当然都是违反校规,可是世上却有许多学生躲起来抽烟。世界上有很多不受法律或规则束缚的事情。霸凌也是其中之一吧。

平田很担心轻井泽,可是同时也很担心真锅她们。他一点也没打算改变优先考虑圆满解决的态度。这并不是对待自己恋人的态度。

"无论理由是什么,我都无法回应你这份期待。对我来说,轻井泽同学只是一位重要的同学。你有困扰的话,我会帮助你,也会保护你。不过我无法为此伤害其他人。就算是C班学生也一样。"

"你这个骗子！明明就说会保护我！"

"骗子？我一开始就抱着相同态度哦。"

平田接连说出对D班学生来说，短时间内难以置信的事实。

"我一开始就说过了吧？我说过我们不是真正的男女朋友。我不介意假装交往，但我绝不会只照顾你一个人。"

我们两人的关系并不是真的——平田应该说的是这个意思。

"唔！你、你为什么要现在说那件事！"

她当然是对我在场而有所不满吧。

而我也能理解这就是平田的目的。这家伙现在在利用轻井泽引导出消息，当作是给堀北的供品。

"因为我认为是时候该有新选择了。我想帮助你。"

但是，他并不是要弃轻井泽于不顾，而是真心打算拯救轻井泽。

平田靠近慌乱的轻井泽，对她搭话。

可是，他却不打算去碰她瘦削纤弱的肩膀。

"也就是说你的意思是……就算我被施暴也没关系吗？"

"我没这么说。我会尽全力帮你。早上我打算和真锅同学她们谈谈，希望不要再让你困扰。告诉她们发生争执不是你的本意，要我去转达你打算道歉也没关系。"

"我不要这样！"

轻井泽被真锅她们逼近时的情况以及来拜托平田报复的手段。

把这些考虑进去，浮现出来的便是轻井泽的本性。她的真正性格。

轻井泽有件令她害怕无比的事情。

"既然这样就没有我能帮上的忙了。很遗憾。"

平田很冷静。就算在这种时候也很冷静。虽然很可靠，但也是在对只能依赖平田而生的轻井泽宣判死刑。

"绫小路同学，你想到什么解决方案了吗？"

平田打算让只是传令兵的我担下重任。

"够了！既然你不愿意听我的请求，那我就不需要你了！"

轻井泽如此喊道，接着把手中的罐装饮料狠狠地砸到走廊上。

里头的饮料洒得到处都是。刺耳的声响虚无缥缈地响着。

"我们的关系到此为止。结束了！"

轻井泽说道，放弃话题才开始没多久的这个状况。比起隐藏的事实曝光，她看来对平田不肯帮助自己一事更焦躁。

对轻井泽离去的背影，平田没有要追上去的意思。

"绫小路同学。我有办得到的事情，但也有些事情是办不到的。所以，现在你才会在这里。我希望你可以明白我的用意。"

我打算利用平田引出轻井泽的情报。然而，平田却反过来想利用我去解决轻井泽的纠纷。

"真是自说自话呢。你是大家的伙伴，对吧？"

"是啊。我既是轻井泽同学的伙伴，也是绫小路同学你的伙伴。不过，我会依据对象不同，改变应对方式。你比大家所想的更加可靠呢。"

"你太高估我了。"

"真的是这样吗？就算是这样，我对自己看人的眼光还是很有信心的。所以我很清楚哦。"

关于这份自信，我很想详细问问，但还是先说说解决方法吧。

"总之，我想再问一次关于你和轻井泽的关系。你们说在交往果然只是场面话，并不是真的呢。"

"你之前就已经猜到了吗？"

"你和轻井泽交往将近四个月了，可是你们两人的关系完全没有进展的迹象。当然，虽然也能考虑你们彼此建立着纯洁的柏拉图式关系，但即使这样你们也总是保持一定距离。像是彼此都以姓氏称呼对方这点。"

就算肉体上的距离不缩短，只要两颗心靠得很近的话，照理说称呼对方的方式也会改变。然而，无论是好是坏，平田和轻井泽的关系从一开始就没有任何变化。

若他们是男女朋友，没有任何变化就是件很奇怪的事。

"就是这样哟。我们没在交往。但是，我们彼此都觉得有必要交往，所以才会在一起。你能理解这种矛盾吗？"

虽然没真正交往，但有必要在一起。也就是说，他们彼此之间拥有利益关系。那么借由交往能获得的好处又会是什么呢？是哪方拜托、哪方答应的呢？这当然是轻井泽提出想和平田交往，而平田答应的吧。

"这在入学起三个星期左右就成为话题，轻井泽的知名度接着急速上升。"

在小组内也能看得出类似的现象。轻井泽借由和町田扯上关系，而做出比平时强硬的发言。她的存在感于是逐渐增加。

换句话说，轻井泽眼中的平田，是为了确立自己地位的槲寄生。

"你是为了帮助轻井泽确立地位，才扮演她的假男友啊。"

平田对知晓真相的我露出淡淡的微笑。

这么一来我就得到真相了——虽然我一瞬间是这么想的，但实在觉得不太对劲。

而且，平田看来也没承认就是如此。

　她是为了站在金字塔的顶端，才利用平田和町田吗？

　不，光是这样的话，就会有无法解释的部分。

　我想要足以支配班级的地位，你就跟我交往吧——平田被这么拜托，就会轻易接受吗？轻井泽的架子日益变大，偶尔也会做出近似霸凌的举止。

　但是，为何平田不仅没有责难而且容忍着她呢？

　再说……轻井泽真的是为了掌控场面才利用平田他们吗？这也是问题。如果要问她这次有没有利用町田取得组内的发言权，这点也没有。硬要说的话，她对小组没什么兴趣，甚至沉默不语的时间比较多。她一开始应该没有利用町田的想法吧。

　那么，她接触町田的契机是什么呢？

　于是，我终于隐约觉得自己看见这名名为"轻井泽惠"的少女的真面目了。

　"原来她是为了保护自己啊。"

　用排除法，只剩下一个答案。

　"你还真厉害……刚才听见你说出这句话时，老实说我都起鸡皮疙瘩了呢。"

　"只是因为堀北告诉过我。她告诉我好几种轻井泽会接触平田以及町田的理由。"

　　我含糊带过，但平田不是那种单纯到会老实相信的男生。

　　"绫小路同学。老实说我觉得你……虽然这话很难听，但该说是有点可怕吗？我认为你是会让人害怕的存在。要是造成你的不愉快，那很抱歉。"

　　"让人害怕？为什么你会这么想？"

　　"我从入学起就观察着你，但当时的你和现在的你简直判若两人。你散发出的气场和说出的话，都让我认为你们不是同个人。"

　　平田拥有绝不漏看眼前人一举一动的能力。

　　我的想法发生了改变，难怪他会觉得我很奇怪。

　　"我说过了。这是因为有堀北的建议。我会向堀北定期报告小组的情况。我只是依那家伙的指示在行动。无人岛的时候也是这样。堀北做出准确判断，引领D班走向胜利，我们才能获得大量的班级点数。换句话说，对我而言这也有很大的好处。那家伙不擅长与人沟通对吧？所以，她才会要我代她向你问话。"

　　平田知道我很多时间都是和堀北共处，因此他也不会怀疑这点。

　　"也就是说堀北同学认为拯救轻井泽同学将会关系到班级能否顺利通过考试，对吧？"

　　"嗯。"

　　"不过，我认为你也很厉害哦。你和池同学或山内同学他们有点不一样。"

"我可没有他们厉害欸。"

"就算是按照堀北同学的命令行动，现在在这里和我对话的人也是你呢。这不是光靠事先接受指示就能办到的。再说，我认为你的说话方式有着明确的逻辑。这不是一朝一夕就能办到的哟。"

"……"

平田比我想的还更优秀。

我很担心平田想拯救轻井泽的冲动可能失控，但他还是以很高的水准维持着自己的能力。

"你刚刚也说了，我会答应扮演轻井泽同学的男友角色，就是为了保护她。她请求我帮助她。你也许难以想象，她从小学到初中的九年时间里，一直遭受着严重的霸凌。"

"我并不是在怀疑你，但这件事是真的吗？"

轻井泽急促喘气的原因，果然就是她的过去。

我猜她有强烈的心理创伤，但一旦有人说出来，我还是很难以置信。

"我虽然是在进入这所学校之后才认识轻井泽同学，但我懂。遭到霸凌的人，都会拥有特殊的气质。所以我才会答应和她交往。轻井泽同学利用身为我女朋友的地位，摆脱被霸凌的过去。我认为轻井泽同学现在的性格大概不是真正的她。她只是勉强表现得强势吧。"

所以，她平时也许无法好好控制情绪。

遭受霸凌的人，多半都会像佐仓那样，拥有朴素乖巧且懦弱的性格。另一方面，像轻井泽这种恣意发言的强势人物，一般不会是被霸凌的那方，多半都是霸凌人的那方。

然而，轻井泽的性格是纸糊的、是虚有其表的。所以她才在背后接近像平田或町田这种可以支配场面的人。

"虽然我大概能理解，但这对你而言的好处是什么？"

俗话说，对学生而言恋爱是青春的一部分。平田受众多女生欢迎。虽然说这是为了轻井泽，但假装在交往的话，就无法谈场真正的恋爱。

"好处？那就是轻井泽同学能够不受欺负吧。就只有这样哟。"

平田如此断言。这既不是伪善，也不是爱情，而是为了他自己。

"你无法接受吗？如果理由只有这点的话。"

"我不是无法接受。只是，理由应该不止这点吧？"

如果是为了拯救伙伴，平田会毫不吝惜地帮助对方。然后，他也把真锅她们当作伙伴之一。平田太顾虑他人，甚至可以说是种病态。

平田觉得既然都说到这里，所以就打算和盘托出。

他在自动贩卖机买了两罐罐装饮料，递了一罐给我。我心怀感激地收了下来。

"硬要说的话，我上初二前，在班上都是个很不起眼的学生。"

"真的吗？有点无法想象欸。"

要从总是发挥领导能力的男生去想象这件事情是很困难的。

"虽然不起眼，但也不会太没存在感。我也多少有些朋友。不过我真的很平凡。我有个从小就很要好的儿时玩伴，叫作杉村。我们小学六年都同班，住得也很近。我还记得我们每天都会一起上下学呢。"

平田好像很怀念似的，有点虚无缥缈地回想着过去。

"升上初一之后，我们不同班了。即使这样，一开始我们还是会一起上下学。但不知道从什么时候开始，次数逐渐减少，我也变得都只和新班级的同学们一起玩。这件事本身……嗯，大概是很寻常的事情吧。"

因为进入新环境而结交新朋友是很自然的事。一点都不奇怪。

"可是啊……我在和新朋友玩的时候，杉村同学却在背地里遭人欺负。"

我明显感觉得出他用力握紧了罐子。

"杉村对我发出无数次求救信号，像是自己脸上受伤，或是身上出现瘀青，可是我却优先和新朋友玩，没当回事。杉村的性格原本就很好强，也容易跟人打架，所以我没想得太深……升上初二再次见到他的时候，杉村的内心早已崩溃。他开朗活泼的形象消失无踪，还视拳打脚踢的暴力行为为理所当然。欺负他的人连上厕所都不让他去，他就在课堂上失禁，接着又再次被人欺负。"

"你就眼睁睁看着……"

"嗯。你大概能想象得出来对吧？我什么都没做，什么都办不到。我害怕自己成为目标，害怕现在的快乐环境会被破坏……我对曾经要好的杉村视而不见，想着大家总有一天会厌烦霸凌而收手，想着杉村总有一天会不来上学，而霸凌就会消失，或者应该会有其他人去帮助他。我尽是想着这些自私的事情。"

"所以，那个叫杉村的家伙呢？最后变得怎么样了？"

"那天的事至今也深深烙印在我脑海。一大早来学校做足球晨练的我回到教室时，杉村正肿着脸等我到来。老实说当时待在那儿我很难受。他明明是我从小玩到大的朋友，却让我觉得简直是另一个人。我甚至心想，要是和他扯上关系，自己也会被欺负这种自私的事。杉村应该看清了我这种丑陋的内心吧。他什么也没说，但就像是在对我倾诉一般……当天他从教室的窗户跳了下去。"

"跳楼……也就是说他死了？"

"医生说是脑死亡。现在他父母也相信杉村会康复而一直等待着他。可是，现在的我并不知道他是生是死。总觉得那天的事件有点非比寻常，我现在也觉得那或许是场梦，或者是幻觉。杉村同学跳下去的时候我才总算明白，明白我怕惹事、为了保护自己，而逼死了重要的朋友。"

也就是说，那就是促使平田洋介这个男人诞生的事件啊。

"我不觉得这会成为杉村的救赎，但我想尽量弥补。我认为我只能借由拯救他人来达成心愿。"

"我也不是无法理解你的心情，但世上没有这么单纯吧。今天也一样会有某人在某处遭受霸凌，并且就像那个叫杉村的家伙一样，打算结束生命。你是无法阻止这些事情的。"

"我当然清楚。我不是什么正义的英雄。不过，我想起码帮助自己身边的人们。我必须帮助他们。这就是犯下过错的我必须去承担的责任。"

"那这次你打算怎么办？同时拯救轻井泽和真锅两个相反立场的人，这是不会实现的吧？"

"……我知道很矛盾。所以才会同意你跟我一起来呢。"

原来如此。他也察觉到了自己的怪异之处。

总之他无法不去拯救身边认识的人。

"我从没想过把这件事说给别人听的这天会到来。没人知道这件事，也是我选择这所学校的理由呢。"

平田喝完饮料，就把空罐投到垃圾桶里。

"这件事情可以交给你和堀北同学吗？"

"如果你保证中途不会插手，堀北照理说会替你想点办法。"

"那我就决定相信你们喽。因为这也关系着我的信念呢。"

能够从平田那里得到不干涉轻井泽这次事件的承诺是很重要的。平田今后伤脑筋时，恐怕都会来拜托我吧。然而，这也同时代表着我成功获得平田的帮助。这是我想要的强大力量之一。而且我也等于能得到充分的回报。

"平田，我有一件事想拜托人际关系很广的你。你愿意听听吗？"

我这么说完，就把自己事先写好的便条纸递给平田。

平田看清那张便条纸后，就答应了我的请求，并没有露出特别不愿意的表情。

"另外，绫小路同学。我在考试开始之后有件事没告诉你。我知道D班剩下那名优待者是谁……"

5

考试中间休息那天，我原本打算为了某个目的而展开行动，却因预料之外的事件而把佐仓叫了出来。

"牛组的考试好像结束了呢。"

"嗯……"

我和隶属牛组的佐仓会合，一起确认学校发的邮件。

"牛组的考试结束。牛组学生之后不必再参加考试。请小心行动，不要打扰其他学生。"

内容和猴组考试结束时完全相同，不连贯，而且偏短。

佐仓用不安的眼神抬头望着我。

"难道是我做了什么多余的事情吗?"

"不是这样。这代表牛组有人向学校告发了优待者。"

因为高圆寺失控而结束考试就另当别论，现阶段的背叛应该很两极化吧。大概是因为"有确切把握而背叛"或者"出于心急而背叛"。

"顺带一提，佐仓。你会不会就是优待者呀? 或者优待者是班级里的某个人?"

我这么一问，佐仓马上摇头表示否认。

"我不是优待者哟。不过，须藤同学他们……嗯……我也不太清楚……"

这两天，身为牛组组员的佐仓似乎也毫无头绪。

"想太多可不太好哦。因为就连我也不知道小组里的优待者是谁呢。"

"嗯……谢谢你，绫小路同学。你光是能够对我这么说，我就很开心了……"

"A班情况如何? 我想你应该听说过……你那组的A班学生也不参加讨论吗?"

"对。就和其他人说的一样。他们好像完全不说话呢。"

葛城的方针在哪个小组里都彻底执行。这样的话，最有可能发起行动的大概就是 C 班。不过即使那样也会留下疑点。龙园正试图掌握学校的规则。但学校是不会公布内幕的，因此我们不可能判别猜对或者猜错。正因如此，要找出规律性是很困难的。万一弄错规律性，就很可能自毁并且受到巨大伤害。牛组之外都没有结束考试，这也就是龙园尚未得到答案的证据。

许多学生恐怕都会对考试不可思议的结束而感到不知所措。

"假如还有什么事情，我随时都会与你商量。"

"谢谢你，绫小路同学。回头见！"

佐仓可爱地对我小幅度地挥挥手。我向她打完招呼，就往地下室走去。

我动身前往一般人不会进入的最底楼层。虽然说这里禁止进入，但因为船员会用，所以就没有上锁。这个区域，基本上只会在有需要时踏入。平时完全没有人影。

我出声大喊。虽然有回音，但因为没有人，所以没有任何人过来。

包括一般入口在内，出入口共有两处。一个是紧急楼梯的门。感觉平时工作人员也不会使用。我看见门口附近的灰尘，就知道它长期没被使用。换句话说，我只要监视一个出入口，就可以掌握一切状况。

而且有利的是，这里几乎收不到手机信号。虽然偶尔会收到一点信号，但要发邮件或者聊天，都会耗费一番工夫。这里是个无法与外界联系的地方。

"万事俱备了呢。"

之后只要不弄错步骤按部就班地进行就好。

我首先跟平田取得联络，再请平田把轻井泽叫到这个地方。

我希望留点缓冲时间，所以实际把轻井泽叫出来的时间，必须请他替我间隔一小时以上。为此，我回到上面的楼层，拨电话联络了平田。

我想她会因为昨天半夜的事件强烈警戒着我，不过，若是由平田说想和她再次单独谈谈，轻井泽应该会答应。尽管她顺势说要分手，但如果失去与平田之间的关系，伤脑筋的也会是她。轻井泽现在正处于被真锅她们盯上的状况。对轻井泽而言，平田在今后漫长的校园生活里，应该也会是个不可或缺的存在。

"我和轻井泽同学约好在下午四点。另外，我现在就把真锅同学的 ID 发给你。"

不愧是平田。他顺利谈妥，成功约出轻井泽了。

而且平田也知道真锅的联络方式。因为如果他不知道的话，我会不得不耗费询问椥田的工夫并承担一定的风险，所以这真的是帮了我大忙。

"不过，我不会再用谎言帮你忙了。我希望你别让轻井泽同学伤心。"

"希望我别让她伤心啊……"

平田要是知道我打算做的事，说不定会大发雷霆吧。

不过，只要能解决问题就好。

我迅速打出今天早上就预先想好的文案，并发出了消息。

可以打扰一下吗？

原则上每部手机只能有一个账号，不能申办多个。不过这也有些许漏洞。只要使用某大规模社群网站申办新账号，就可以再多拥有一个。当然，平时没有学生会分别使用主账号和副账号。因为切换很费事，好处也很少。不过借由申办新账号，就可以和他人取得联络，且不让对方察觉自己的真实身份。

接下来我有必要谨慎进行。不过只要不弄错步骤，应该就行得通。

尽管这联络是来自陌生人，但真锅马上就看了我发过去的消息。

你是谁？

对寄件者没头绪的真锅回复了。

你周围现在有人吗？
没有……你是谁？
别把这聊天内容让任何人看。这也是为你好。
所以，我不是在问你是谁了吗？
我跟你有同一个仇人。我就先这么自称吧。

真锅马上就已读，可是她无法理解消息的意思，暂时没有回复。
你会不会是把我认错了？
我没弄错哟，真锅同学。我会来联络你，是因为那个你恨得不得了的轻井泽同学。我在想或许我可以和你合作呢。
我不懂你意思。你能不能别再发消息给我？

她的警戒心好像很强，把我当成敌人。这是理所当然的反应。
总之，我必须先解开这个误会。

其实我和轻井泽同学同班，平时就觉得她很棘手。我想和你一起联手向她报仇，所以才来邀请你。我跟她都同样是D班的人，所以很难直接对她复仇。因此，我希望你帮我。

　　我不懂你的意思。我不理你喽。

　　尽管戒备着我，她也没有马上结束话题，这是因为轻井泽让她吃了大亏。她当然想帮朋友梨花报仇，还想报自己被瞧不起的仇。

　　从真锅采取强硬手段把她带到紧急楼梯一事也能窥见这点。

　　小梨花现在也很害怕轻井泽同学。作为朋友你不想帮助她吗？你的脸上一直写着想要复仇哟。但就算想要复仇也无法实现，对吧？轻井泽同学因为昨天的事情而非常防备你。她暂时不会从平田同学或者町田同学身旁离开了吧。而且，她老是和女生一起行动，所以不会落单呢。

　　真是多管闲事。我会强行让轻井泽同学和梨花碰面。这么一来，就能了解真相。

　　会这么简单吗？我不认为即使说谎也满不在乎的她会承认。不如说，这只会让小梨花困扰吧。说不定她只会被轻井泽同学抛出无情的话语，而再次受到伤害。不对，不只是这样。要是招她怨恨，小梨花或许还会被欺负呢。

　　……那我该怎么做才好嘛。难道你有办法吗？

真锅强烈表露出她很想在下次碰面时做了断。

　　有呀。只要你和我合作，就可以报仇。

　　你真的可信吗？你是打算陷害我，再去跟学校
告密吧？这也很像是分身账号。

　　要是我出卖真锅同学，你只要把这个聊天内容
给老师看就好。这账号只能在学校手机登录。换
句话说，学校可以查明想要报复轻井泽同学的我的
真实身份。这样的话，要负起主要责任的人就会是
我。不是吗？

真锅也很清楚吧。就算是分身账号，只要一调查就
会立刻知道所有者。要是产生责任问题，很显而易见，
拟定复仇计划的主谋——我，就会被严厉惩罚。

　　要是我现在把这些聊天内容给学校看会怎么样
呢？你就完蛋了。

　　我觉得真锅同学你不是会做这种事的人。要让
别人信任自己，就得先信任别人呢。

　　我大概了解你想说的，先听听你的计划吧。

接下来几分钟我们也重复着类似的话题。我说自己有多么憎恨轻井泽，身处想报仇却办不到的弱小立场，以及偶然听见真锅她们和轻井泽起纠纷的事，然后就想着联系她。

我接着还说——要是回到学校，就会很难接触轻井泽。学校或宿舍都设有监视器，即使想要把她带到私人空间也会引人注意，有很大可能无法顺利进行。我也告诉她，无处可逃的船上才是机会。

我让真锅她们领悟能报仇的机会，只有在这艘船上才有。

我慢慢地唤起她心底涌上来的怒火。

你能帮我到什么程度？

真锅理解我的话，终于开始决定参与计划。

我可以叫出轻井泽同学。之后就随你们，作了断就好。

我把船里最底层的地图发了过去。

这里没有信号，所以她也无法求救。那个地方很少有人去。

原来如此呀……也就是说，身为同班同学的你可以叫出轻井泽同学吗？

我希望你现在就决定要不要参与我的计划。而且，把她叫出来之后要不要报仇，只要你见到她之后再决定就好。这样的话也不会发生问题，不是吗？

我发出消息后，她已读之后没有回复，是至今间隔最久的一次。

然而，不久看见她回复的文字，我就确定自己成功了。

假如在此失败，我本来要执行另一个计划。虽然很危险，但那手段是直接与真锅本人接触。我事先拍下了她在紧急楼梯威胁轻井泽时的照片，所以我也可以直接恐吓她。只是，这风险也很大。因为我不太想加深别人对我的印象。

"接下来，就看真锅她们的了。"

6

昏暗的楼层里偶尔会响彻沉重的声音。这是船只改变航线时发出的声音吗？还是船撞上了什么东西呢？我不清楚。

一名少女来到这个只听得见机械声响的地方。

"什么嘛，这样手机不是打不通了吗？"

距离约定时间还有十分钟。她是想在见到平田之前先冷静下来吗？轻井泽一发现手机无法使用，就无聊似的把它收进口袋，然后靠在墙上。接着闭上双眼，微微动着嘴巴，呢喃着些什么。

那是我完全听不清楚的音量。再过一段时间，她会得出怎样的结论呢？

虽然很遗憾，但平田不会听见那些话。

下午四点时，楼层唯一的那扇门发出沉重声响，打了开来。

现身的是 C 班的三人组——真锅率领的女生们，还有另一个人。

那是一名气质类似佐仓那种比较温顺的女生。她恐怕就是被称作梨花的人。

"没事的。"真锅对梨花搭话，接着踏进这层楼。

随即她们发现轻井泽的身影。轻井泽当然也发现了。

"为、为什么你们会在这里啊！"

轻井泽对出乎意料的一伙人的出现感到惊讶。

而且在只有一条路的狭窄船内，要逃跑也很困难。

"我只是看见你走进来而已。啊，正好有这个机会，我就来介绍一下。这个人就是梨花。轻井泽同学，你记得吗？"

她把躲在身后的梨花拉到前面，让她们两个面对面。

　　轻井泽别开视线假装不认识，但从态度上明显看得出她记得梨花。

　　"唉，梨花。之前把你撞飞的就是轻井泽，没错吧？"

　　"嗯，就是这个人……"

　　真锅听见这无比清楚的回答，就打从心底开心似的绽放出笑容。

　　另一方面，轻井泽明显地对这危险情况开始感到焦急与混乱。

　　接下来，我只要对接着发生的惨事坐视不管就行了。即使轻井泽遭遇比想象中还更悲惨的对待，我也完全不打算在中途出手相救。

　　"给我向梨花道歉。"

　　"谁要道歉啊？我明明就没错。"

　　"在这种状况下也逞强，你还挺厉害的嘛。不过我可是知道的哟。"

　　"……知道什么？"

　　"你那异常害怕的态度。轻井泽同学，你以前应该是被霸凌的人吧？"

　　"唔！"

　　被不熟的人揭穿了她本人打算隐瞒的事实。

　　"看，我说对了吧。果然啊。因为我从一开始就隐约有这种感觉呢。"

　　"不……不是的！"

　　这是个笨拙的否认。不过，就算她的演技有演员水准也不管用。真锅不是观察能力优秀的人。这是因为我已经跟她泄漏了这件事。

　　我告诉她——轻井泽从小就受到严重的虐待。她有很强烈的心理创伤。

　　轻井泽对知道答案的人怎样辩解都没用。

　　"如果是现在，你下跪道歉的话，要我原谅你也可以哟。你很擅长下跪道歉，对吧？"

　　"我、我才不下跪！我根本就没有跟谁下跪过！"

　　轻井泽为了逃跑而打算走过她们身旁。可是真锅却抓住她长长的头发，并把她压到墙上。

　　真锅因为复仇舞台准备完成的安心与兴奋感，变得无法控制自己。她在和我的聊天中决定的事情，应该就只有到"和轻井泽见面"为止。真锅很烦恼要不要进行暴力复仇。不过一旦见面，最后想消除累积的压力，和周围期待她对轻井泽报仇，这两种情况互相重叠，于是她就开始无意识地认为自己必须给对方相应的痛苦。这也正是我的目的。

　　这是在十九世纪六十年代进行的一项称作"米尔格伦实验"的心理实验。它也叫作"艾希曼实验"，是在隔离设施里老师和学生角色来进行的。首先，实验会先对老师角色，换言之就是对受试者给予低度电击，让他们记住电击的痛楚与恐惧。之后，再把被指派为学生角色的人物放到与老师角色隔着一片有色玻璃的对面。把流通电击的装置安装在学生角色身上，再把电击按钮交付给老师角色。这样实验准备就齐全了。

接下来，执行实验的人，会指示身为受试者的老师角色对学生角色提问，要求如果答错就通电。而且老师角色还会被指示每错一题就要提升电压。实验准备的通电按钮最后可达四百五十伏特以上，是会置人于死地的强力电压。相反的，第一题则是四十五伏特，为挠痒程度。

然后，实验设计为老师角色与学生角色能听见彼此的声音。每当通电时，老师角色就会听见学生角色惨叫。不过，虽然受试者不会被告知，但是电击装置是假的。学生角色只是在演自己被通电。

一开始即使通电对方也没什么反应，但是每次提升电压，就可以听见对方由惨叫转为呻吟，最后变得无声。

这个身为老师角色的受试者并未受威胁。他获得报酬之后，只被告之随意去做就好。换句话说，在知道对方会受苦的时候，离开也没关系。尽管如此，将近百分之六十六的受试者都会把电压提高到让人致死为止然后通电。

这场实验显示"根据状况，任何人都会表现出残酷、残虐的特性"。

"痛、痛！好痛！放开我啦！"

轻井泽虽然表达了头发被拉扯的痛楚，真锅也只是心情不错似的笑着。

所谓封闭环境，就是现在这个地下楼层。受试者是真锅，学生角色则是轻井泽。

我成功准备了类似米尔格伦实验的舞台。通常如果只在这种条件下应该可以说是不足够的吧，不过两者的关系中假如有长期累积下来的情绪，与实验相同的状况就会成立。面对表现刚强的轻井泽现在的痛苦模样，她心里想必很畅快吧。

"啊唔！"

"唔哇，志保。你刚才的膝击不会太过火了吗？好狠哦。"

真锅对轻井泽的侧腹狠狠地踢了一下。不过平时并不习惯踢人的真锅动作很迟钝，应该不怎么疼。不过，对真锅而言，轻井泽痛苦的叫声就是最大的回报。她心情好像好得不得了，而对保持距离不安地盯着她的梨花如此低语说道。

"来，梨花。你也试试看。"

"我、我就不用了……"

"我们可是为了你才做的哟。来，反正现在没人。"

虽然梨花拒绝用暴力复仇，但这封闭的环境却不允许她这么做。只要对她说"你也是我们的伙伴，对吧？"

她就会很难一直拒绝。假如愤怒的矛头指向自己，哪天就会轮到自己受害。

"……好的，我试试。"

"啪"。小小的巴掌声。梨花甩了一个完全不会痛的耳光。

"这、这样吗？"

"这样完全不行。你必须更用力。就像这样。"

真锅打了轻井泽的脸颊，发出"啪"的响亮声音。轻井泽对其产生反应，感觉痛苦。梨花就像受到指导一般，一次又一次扇耳光。力道逐渐提升。

"住、住手！"

"哈哈……真好玩……哈哈……"

比起真锅，这名受试者说不定更适合米尔格伦这个实验。对自己不断采取强势态度的轻井泽正在大喊痛苦。

"原谅我吧……"

轻井泽接着乞求原谅。她们面对这副模样，心里应该是畅快得不得了。

梨花变得会用力对她拳打脚踢。我甚至无法想象她一开始很害怕。更有趣的是，一开始她攻击的地方是脸颊等看得见伤口的部位，现在却渐渐开始重点瞄准制服下面或者头皮等看不见施暴痕迹的位置。

轻井泽因为恐惧而吓到腿软，脸皱成一团，并流着眼泪。

我不让她们察觉，并观察着这副光景。接着不发出任何声音开始移动。

然后不让真锅她们发现悄悄地打开连接紧急楼梯的那扇门。

真锅她们的消遣会暂时持续。就算她们做了什么都无所谓。

让她彻底崩溃一次，也会比较省事吧。

我慢慢地关上门。轻井泽的惨叫随即被门遮蔽，变得完全听不见。

7

我远远确认真锅她们离开后，就踏进了房间。轻井泽应该听见了门开关的声音，却蹲坐在地上抽抽噎噎地哭着。应该是太过恐惧，导致她没有察觉吧。

这模样就是平时在班上傲慢、强势地担任女生领袖的少女吗？

好像是多亏我对真锅她们建议，她的制服和身体这些看得见的部位没有明显伤口。要是制服破损，或是头发被剪掉，要蒙混过去应该就会相当困难。虽然世上到处都有霸凌，但如果是在这所学校则会特别难处理。

硬要担心的话，就是她的脸颊因为反复被甩巴掌而有点红红的吧。

"轻井泽。"

我向她搭话,轻井泽才发现我在旁边,抬起了头。

"怎……怎么会!"

她发现不可能在场的男生正看着她绝不愿给人看见的模样,而慌张了起来。

然而,她无法立刻停止哭泣或是装作什么事都没发生。

她迟早会停止哭泣,迟早会恢复冷静。要是在哭的时候我会离开就好了——这种期待对我不管用。我没和她说话,只是在一旁静静地等着。

不久,号啕大哭的轻井泽随着时间经过而开始恢复冷静。

在昏暗封闭之处独处的情况如果持续下去,彼此的距离自然而然就会缩短。就算是平常互相讨厌的人,在心理上也会暂时缩短距离。人就是这样。

"稍微冷静下来了吗?"

"算是吧……"

腿软站不起来的轻井泽用制服的袖子擦拭皱成一团哭肿的脸。我虽然伸出手,但她看起来没有要来握住。

"平田同学呢?"

"他要跟你碰面,但被老师叫而不得不过去。我刚好跟他在一起,所以代替平田来跟你说一声。"

这么说明的话，她也不得不接受了吧。

没必要现在立刻就告诉她真相。我要先让她放心，填补她内心的空隙。

"为什么你要哭啊?"

"是真锅她们啦……我绝对不会原谅那些家伙!"

轻井泽好像回想起刚才发生在自己身上的事，因此身体开始颤抖起来。她应该不想让我看见她这种没出息的模样吧。但是心理创伤，是无法轻易消除的。

"我哭过的事情，你绝对要保密哦。你要是泄漏出去，我可绝对不原谅你。"

轻井泽的弱点就是无法向学校提出受害的申诉。要是让学校知道自己被真锅她们施暴，也就必然要暴露其理由或原委。为了保护自己，她不能失去现在的地位。正因如此，她才会打算利用平田来阻止真锅她们的行动吧。

"你呀，去帮我对真锅她们报仇嘛。对手若是女生，你应该也赢得了吧。"

"这我应该做不到呢。"

"你害怕对真锅她们复仇吗? 明明是个男生……"

"从须藤那件事情上就可以知道，这不是报仇这么单纯就能了结的问题吧。以牙还牙，问题早晚会变得很大。而且班级里也会进行约谈。这不是轻井泽你所期盼的吧。"

"你是要我忍气吞声吗?"

我已经想好该怎么回答,却故意保持沉默。

"话说回来,那些家伙……一定又会来欺负我的……"

轻井泽又微微地颤抖起来。的确没有保证真锅她们今后就不会出手。在学校可以逃跑的地方虽然会增加,但她就会不得不持续进行逃避。同学们也会察觉轻井泽行为上的变化。轻井泽因为这场考试而被逼到了绝境。

我从轻井泽身上看得出她想设法解决问题的焦躁。我要慢慢深入这份焦躁情绪。

"要是又像以前一样的话,那就糟糕了呢。我理解你想设法解决问题的心情。"

"什……什么嘛。你什么意思?"

现在轻井泽对于现身在这里的我应该怀有两种情绪。尽管让我发现她被真锅她们欺负,她也不确定我知不知道她的过去。要是我不知道,那她就想彻底隐瞒。

"说来说去,就是字面上的意思啊。你都特地逃进这所封闭的学校了,还在 D 班取得掌握霸权的地位。也就是说,你身为被霸凌者的本质并没有改变。"

"你、你说谁是被霸凌者啊!"

"就是你啊,轻井泽。"

我抓住轻井泽的手臂,强行让她站起。

"你做什么!"

我把轻井泽压到墙上，让她强行与我双眼对望。

"你刚才被真锅彻底霸凌了。你被她扯了头发，赏了耳光，而且胸部、腹部、腰部都被她踹了吧？所以你才会悲惨地、没用地、可悲地哭着呢。"

"唔！"

她应该完全不打算和我对视吧，可是还是与我对上眼神。

我们就像是要被彼此吞噬地凝视着对方的眼眸。这当然不是什么恋爱———而是地狱。

"你从前就是个被霸凌的人。小学和初中都一直受尽欺负。所以这次你才会坚定地下决心不要被任何人欺负。对吧？"

"你、你是从平田同学那里……听说的吗？"

"平田好歹也是大家的伙伴。他会帮助你，但也会去帮助其他人。虽然你坐上平田女友之座，在D班的地位因而受到保障，但如果变成像这次的情况，那家伙就派不上用场。也就是说，如果你要寄生的话，平田还不够。"

不过轻井泽比旁人所想的都还更加聪明。正因为明白平田是中立的人物，她一开始在兔组才没有胡来。因此她最初才会表现得很安分吧。然而，她运气不好。为了夸耀自己地位而与梨花这少女引起的纠纷，导致这次骚动。

轻井泽的视线对上了我的双眼。

内心有阴影的人会互相吸引，接着互相侵蚀对方。

最后，心中有阴影的人们就会理解、包容对方的阴影。

"你想怎样啊……！"

假如这家伙被过去束缚，那我只要强行把她从那里解放出来就好。

就算我们没有很深的联系，她应该也可以深深体会我受到的创伤。

对……这世上还存在远比轻井泽所知道的，都还更加根深蒂固的黑暗。

"我能向你保证。就是保护你今后不受欺负。而且将远比平田或町田都还更加可靠。"

"也就是你可以阻止真锅她们吗？"

"现在的你应该很清楚我的话里有几分真。微弱的火焰只要风吹就会熄灭。可是假如加上大火，就会成为烈火，成为无论风吹雨打都不会熄灭的熊熊烈焰。你为了我行动，我则会为了你而行动。无论是出于善意，还者心怀厌恶，都无所谓。只要这层关系成立，应该就没问题了吧？"

"首先，我会帮你消除你的不安要素。"

我如此答道，就伸手拿手机。

"我有解决真锅她们的办法。"

我这么说完，就拿出了自己的手机。

上面有张捕捉到她们在紧急楼梯打算欺负轻井泽的照片。

"这是……"

"只要传这张照片过去，她们应该也就无法乱来。这可以防止她们日后来欺负你，以及抑制她们散布不好的谣言。"

对真锅她们来说，她们也应该因为这次事件而相当痛快。假如无意义地扩大伤口，然后给龙园添麻烦，她们就是在自掘坟墓。

我放开按着她下巴的手，接着软下刚才毫无情感的语气。

"我只是想要帮手。我希望你今后在必要的事情上能帮助我。"

"你说的帮手是什么意思啊？你要让我做什么……"

"D班再这样下去就算竭尽全力也升不上A班。班上有很多家伙各自拥有不错的能力，可是欠缺团结，班级如散沙一般。不过，假如可以控制女生的你愿意帮忙，今后的情况应该也会一点一点改变。"

她比堀北那种单枪匹马战斗的人还更好用。

"你……你到底是谁啊？"

正因为她迄今只把我当作阴影般的存在，想必她一定会觉得我很毛骨悚然吧。不过，我不会多说。正因为不说，她才会怕得无可反抗。

"首先合作的第一步，就是我们要作为一个小组去赢得胜利。"

"你说要去赢得胜利，是要怎么……"

"因为你是……对吧。"

轻井泽听见不可能在此出现的关键字，就忍不住看向我的双眼。

我说的事实，仿佛响彻至她眼底、脑海、内心深处。

轻井泽表现出迷惘态度。不过，这只不过是演出来的。

因为寄生虫若是不利用他人就活不下去。

现在轻井泽惠有了我这个新宿主，于是，她就得将生存之道集中在这条路上了。

各自的差距

考试最后一天。现在和无人岛时不同，在满是娱乐设施的船上，时间过得很快。

再加上一天两小时的宝贵讨论都没什么进展。

尽管龙园的联合作战，或者葛城的坚守作战皆已展开，B班的一之濑帆波却没使出手段对抗，就这样考试时间眼睁睁地过去了。

"哇啊啊！我又抽到了！我抽鬼牌也太弱了！"

一之濑撒出剩下的扑克牌，在我们面前倒下。

第五次的讨论中，一之濑提出的也依然是玩扑克牌。就算想责备这种行为，但由于谁都无法把A班带入对话，因此也无法阻止。

虽然我有点在意真锅她们与轻井泽的关系，不过上次那张照片传去的效果非常好，她们现在十分安分。轻井泽也相信这点，并且扮演平时的自己。

另一方面，从收到紧急楼梯附近拍的照片的真锅看来，她应该会把我或者幸村与谜样人物重叠在一起吧。虽然我在发照片之际补充说这是从同学那里得到的，但将其视为在场其中一人偷偷拍摄的才比较自然。

既然无法有把握地断定是我，真锅她们也无计可施。因为即使找出拍那张照片的人也没有意义。

"我再这样下去没关系吗……"

在我隔壁气馁地看我们抽鬼牌的幸村好像很忧郁。

"真阴沉欸，幸村同学。现在应该一起玩，解解闷吧。像是再来一局、再来一局这种感觉。"

"不用，我没那种心情。比起这个，让考试就这样结束真的好吗，一之濑？我还以为你会握着这组的缰绳，并带领所有人讨论。"

一之濑停下洗牌的手。

"这也太自私了吧，幸村同学。假如你真心想赢，就不该依赖谁，而是靠自己的力量来统合大家吧？"

"……这种事我知道，我知道啦。"

幸村一定也知道自己不可能把责任推卸给别人。尽管明白这点，他也很想改变这个无计可施的涣散气氛。

幸村即使在全年级里也拥有顶尖成绩。假如仅仅是比成绩的话，他会是值得依赖的存在吧。然而，他就算学力高，也无法统合学生。他无法想到出人意表的点子。有些事情光凭背单词或者方程式无法解决。

暑假两场考试中，他应该和堀北一样，深深体会到自己的无力。

最重要的是，他应该对在现在这种胶着情势下也毫不动摇的一之濑或町田感到很焦躁。

不过，只要他没有一蹶不振，这份懊悔迟早会成为力量，回到自己身上。

1

"下次讨论之后考试也就要结束了呢。绫小路同学，你那组怎么样？"

我和堀北进行最后一次的商讨。外面天空已经笼罩在一片黑暗之中。用手机的话会留下记录。为了避免这点，我们直接见面谈。

"没什么进展。似乎会就这么让优待者逃走。你那组呢？"

虽然我原本以为堀北应该没什么把握……

"我会赢的。"

堀北简短答道。

"也就是万无一失吗？"

"不知道周围有没有人偷听，所以现在我就不告诉你详情了。你可以相信我。一切都进行得很顺利。"

我从平田那里听说龙组优待者就是栉田。我想龙园或神崎他们会反复前来刺探，但堀北好像主导局面，并且熬了过去。

既然她如此有自信，那我应该就不必担心。之后只要等五十万点到手就行。

"你希望我跟你商量吗？"

"没这个必要。随你去行动就好。"

就算问了龙组的事情，我也不可能帮得上忙。

"所以你要和我说什么？你也想避免贸然与我接触吧？"

龙园正拼命寻找着与堀北有联系的人物，她是在担心我吗？

我从她的态度完全感受不到温柔，但就算堀北突然用温柔态度对待我，我也会很伤脑筋呢。

"我也不能总是害怕着龙园的眼线吧。"

"从你的口气看来，你是有什么办法了吗？"

她不抱期待地问道。我点头之后，她好像有些吃惊。

"我拉拢了平田。我认为今后可以建立合作关系。"

"我并不打算跟他合作呢。"

"这样就好。你也不必和平田扯上关系。我会自行和平田对话，所以你只要适当配合就好。"

"真让人不高兴。我可是很讨厌你在背后擅自行动呢。"

我就觉得如果是堀北的话，她肯定会这么说。

"讨论时你只要露个脸就好。不用勉强发言，只要能跟上正在进行的话题就没问题。"

"哎……也是呢。"

虽然她好像很不服气，但也无法反驳。

而且，因为她也见识过平田在无人岛上的统率能力，所以若是现在的堀北，她应该可以理解平田对班级而言很重要。

"包含平田在内，之后我还有个想介绍给你的人物。在考试结果宣布之前空出点时间。"

"我还是很不高兴呢。你能别擅自增加成员吗？"

"就当作是我让你站在台面上的代价吧。但她应该会派上用场。"

"虽然我大致上猜得到……不过算了。总之考试结束后在这里见面吧。"

我和她约定好，就拿出手机看了看时间。三十分钟后，就是最后的讨论了。

"这场考试将会有几个叛徒呢？"

"谁知道。虽然我对牛组结束考试很惊讶，但我也不觉得背叛会这么容易出现。优待者等考试时间结束并且取胜逃跑，才会是最可能发生的情况吧。"

"是呀，我也是这么想。"

虽然只有一瞬间，但我发现堀北往下看了看。这是人在担心什么事情的时候会无意间做出的动作。

"怎么了？"

"没什么。我只是在这场考试中有些无法理解的事。不过我应该没有疏忽，因为我绝对不可能会输。"

她稍微流露出至今为止按捺住的不安心情。就算安慰她，也只会被骂多管闲事，于是我闭上了嘴。

2

兔组的每一位组员都没找出突破考试的希望，就这样迎来了这次大考的最后一场考试。我想稍微冷静点并整理思绪，所以离开平田他们所在的寝室，前往小组房间。距离小组讨论开始还有大约三十分钟，因此我猜房间里应该没人。

然而……

"有客人先到了啊。"

照理没人的房间里，有一名少女在地板上睡得香甜。

她的手边是到睡着为止应该都在玩的手机。

学校分发的手机上记录着各式各样的信息。它不仅在这次考试上发挥重要的职责，里面也有个人点数的明细。

要解锁当然也需要个人的 ID 或密码，不过也有很多人会为了省略每次都要密码的手续，而把这些信息储存在手机里。换句话说，现在我只要偷看一之濑的手机，就有可能知道一之濑的生活情况，或者点数持有量等。

之前我确认过一之濑为了省略输入 ID 和密码的步骤，而把它们储存在手机里。

假如情况没变，我应该就能得到我想知道的信息。我战战兢兢地试着靠近她。

"唔……"

"噢……"

我拉近距离，一之濑似乎就感受到空气流动或者人的动静，而稍微动了一下。不过随即又再度以一定的节奏打起呼来。还好我没吵醒她。我再次试着拉近距离。

"嗯……"

我到底在做什么啊。这在搜集情报上或许是很有效的手段，但任谁都只会觉得这是变态般的行为。假如一之濑在我背对她的时候醒来的话呢？我会不会被她误会在做什么坏事？三十分钟后小组考试就要开始，所以早点来房间也没问题。既然如此，堂堂正正待在房间里不就行了吗？如果没有什么亏心事，只要若无其事地待着就好。我往房间里又踏了一步。

"唔……嗯……"

不行。每当我一移动，一之濑就会表现出要醒来的征兆。我当场试着来回踏着步伐。假如一之濑做出反应，就可以得知她是个浅眠且敏感的人物。

虽然会浅眠的人也多半都是神经质的人……

咻、咻……（右脚踏出，再回到原位的声音）

……真可悲。

为何我必须做出这种蹑手蹑脚的举动呢？而且，她睡得连梦话都没说。

我现在的模样要是给谁看见，应该会被当成异类吧。

我明白自己的行动很蠢，就放弃去拿手机，保持了距离。然后在和一之濑隔了一段距离的地方坐了下来。

话说回来，她来得真早。一之濑究竟是何时来到这里的呢？

在距离考试开始还有二十分钟的时候，房间内响起可爱的音乐。那是从一之濑的手机传出来的声音。

"嗯……"

一之濑就这样闭着眼睛把手伸了伸。她一抓住手机，就迅速操作停下音乐。看来她设定的闹钟启动了。一之濑好像还没睡醒，她就这样抬起上半身，没过多久就察觉到了房间里的异物——也就是我。

我还在担心要是她对我露出嫌恶的表情该怎么办，但我根本不必操这个心。

"早安，绫小路同学。抱歉，你被闹钟吓到了吗？"

"不，并没有。你好像睡得很熟。"

"啊哈哈哈，抱歉呀。不小心就熟睡了。你来得真早欸，还有二十分钟呢。"

"你才早吧。你是什么时候来的？"

"应该是大约一小时前。我想一个人安静待着。待在自己房间的话，会被室友吵到。"

也就是说要午睡的话这里好像是最适合的地方。

"而且，我也想整理脑袋中的各种想法呢。"

她那张脸与其说是因为睡过而很舒服，不如说看起来好像是有什么灵感。

"有成果吗？"

"应该算有吧。"

一之濑这么说完，就站了起来，接着不知为何特地来到我旁边坐了下来。两人独处的房里。我对这种情况掩饰不住紧张，但一之濑好像没有察觉到我的不知所措。

"距离考试还有点时间，我们来聊一聊吧。如果你不会为难的话。"

"我并不会为难。只要你愿意，那就无妨。"

"那么就说定了。其实我有点事想问问绫小路同学你呢。虽然班上同学，包含像是神崎同学之类的男生在内，我全都问过了，可是我没问过其他班的人，所以有点在意。绫小路同学，你想升上 A 班的想法会很强烈吗？"

我还以为她会问怎样的问题，没想到出乎意料地问了个普通问题。

"当然。我想升上 A 班。不……与其说是想以 A 班为目标，倒不如说是不得不以 A 班为目标。"

"换句话说……也就是升学或就业都会受到保障，

对吧。"

这所学校虽然让 A 班到 D 班的学生互相竞争，但是只有 A 班有升学和就业的保障。这甚至会让人觉得像是诈骗，不过很困扰的是，重新阅读学校简章的话，就会发现它很巧妙地含糊其词。

"现在这个时代，升学或就业都无法随心所欲吧。尤其是就业呢。"

"是呀，我也是这么想。但是太过相信学校制度可是很危险的哟。我认为百分之九十九点九这句话潜藏着看不见的陷阱。"

当然，学校在实现"百分之九十九点九的升学、就业率"这点上，应该有一一澈说的陷阱。假如我想成为职业棒球选手，即使我这么要求，学校又要如何提拔没棒球经验的我成为职业选手呢？顶多只能靠关系来让我加入。也不可能有办法以正式球员的身份出场比赛。即使大学本科或研究生毕业，未来也并不会受到保障。因为从事自己想要从事的职业，这种人其实就只有一小部分。据统计，六个小学生之中会有一个人实现梦想。乍看之下概率感觉似乎很高，但这个统计含糊不清，基准也很模糊。成为职业棒球选手，也并不等于成为一流选手。光是隶属职业棒球的选手，大约就有九百或一千个人。假如在职业棒球队里成为正式球员才会真正实现梦想，那整个球队里大约只有一百人吧。就连好不容易得到的正式球员之座，也必须不断和对手竞争并且胜出才能保住。换言之，要以遥不可及的梦为目标，概率就会变得非常低。总之，要真正实现梦想非常困难。许多学生都会过着怠惰的生活，他们只不过会漫无目的、懵懂地谈着梦想，然后渐渐长大成人。如果这样的我们想要实现梦想，就会需要更多的努力和运气。

"就算这样，但这所学校的……换句话说，就是像权力这样的东西也是很大的。这点应该是事实吧？也有很多人是因为获得学校帮助而功成名就吧。还是说，一之濑你没兴趣呢？"

"怎么会。我也是有的哟。我想最后在 A 班毕业，然后实现梦想。"

她面露笑容，但总觉得她眼神里蕴含着非比寻常的强烈心愿。

"学校的制度虽然让人很高兴，但如果无法以 A 班毕业，就会很悲惨了吧。正因为这是所实力主义的学校，感觉就会被贴上无法凭实力胜出的标签。最重要的是，以班级决定优劣，也就代表——现在在这里的我和绫小路同学之中，只有一方才能够实现梦想。啊，不过也有两人都无法实现的情况。"

即使像这样如朋友一般彼此交谈，获胜的也只会有一个班级。其他三个班级将不会有任何回报。

"我听说也有例外的方法呢。"

"嗯？你是指自己存两千万点的那个方法吗？"

"嗯。虽然学校历史上没有学生达成，不过也有这种逆转的绝招。"

"嗯嗯，的确。要是把这个方法考虑在内，我们两个就都可以在 A 班毕业了呢。"

"话虽如此，能不能存到两千万点又是另一回事。即使在考试上可以顺利存点数，但学校制度应该是设定成无法存到两千万吧。"

单看特别考试的话，虽然好像可以依据活跃程度得到大量个人点数，但考试目前也只举行了两场。未来，我们可能会有获得大量点数的机会，不过也有可能受到重大惩罚。

"对呀。就算再怎么节省，也不一定能存到规定点数的一半呢。"

"是啊，D 班的点数情况非常不妙呢。虽然说堀北替大家努力过，但在无人岛上得到的点数要汇进来还要等一段时间呢。不，我们也可能在这场考试中失去那些点数。"

"一之濑，你很节省吗？感觉你并没有很辛苦地在筹措点数。"

"是吗？我也不知道其他人的状况。我应该就是普通地使用、普通地存钱吧。虽然我隶属 B 班，但我也没拥有很多点数哟。"

　　一之濑用极其自然的语气回复我抛出的话题。就她侧脸的模样看来，好像没隐瞒任何事情的迹象……

　　"绫小路同学。"

　　"嗯？"

　　下个瞬间，一之濑迅速拉近距离，然后绕到我前面，窥视我的表情。

　　"那个时候果然让你看见了呢。"

　　那双好像快把人吸进去似的美丽双眸，正目不转睛地盯着我。看来一之濑的脑筋比我想象的还要更机灵。我的目的也被她看穿了吗？

　　"抱歉。你之前在操作手机时，我无意间看到了。我有点在意，才会做出这种刺探般的行为。"

　　"啊哈哈，我并不是在责备你。我的个人点数确实是有点多呢。"

　　对。一之濑第一学期还没结束就拥有巨额点数。那是无论如何也存不到的点数。

　　"可是……这件事情我无法跟你详细解释。抱歉呀。"

　　"这是理所当然的。不是什么需要道歉的事。"

　　"这消息是绫小路同学你得到的，所以就算你要告诉堀北，我当然也不会责怪你哟。只是，绫小路同学你是亲眼所见。要是我被除了你以外的人逼问，会不会做出肯定的回答，就又是另一回事了。"

"我没和其他家伙说。也有可能是我看错了。我不会去深究。"

就算深究我也得不到完整的答案。

"你已经找到获胜之路了吗？"

"嗯。是呀。我认为我已经找到了。"

我以为一之濑不会老实回答，不过她好像很有自信，而露出从容的模样。

一之濑果然没有浪费时间，她好像是相信着自己的策略而展开行动。

"那么这场比赛……似乎会变成一场不是A班获胜就是B班获胜的比赛呢。"

"这到揭晓为止都不知道呢。我的取胜方式是……"

考试快开始了，组员陆续开始集合。

A班一行人最先集合，他们并没有和我们打招呼，就坐到位子上。

"什么啊，你已经来了啊，绫小路。"

"您不会是在和一之濑殿下单独约会吧？"

虽然幸村好像单方面地讨厌博士，但他们还是一起来到了房间。

他的样子看起来没有特别焦虑或沉着，说不定已经放弃了。反之，B班学生甚至让人感觉有点从容。

"考试就要这样结束了呢。你掌握到什么线索了吗？"

滨口如此温柔地对静静等待最后一场考试的我搭话。

"老实说完全没有。毕竟我们几乎没有好好讨论过呢。"

虽然我那样回答，但这场考试一开始，我就偷偷策划着一个作战方案。

就是利用手机收到的学校邮件，来掉包优待者。

龙组的椊田是优待者。不过如果椊田的手机和堀北的手机偷偷交换，那情况会变得如何呢？出示手机时，所有人都会以为堀北就是优待者。

然后，知道真相的叛徒把堀北的名字发给校方，导致判断失误，我们班便会获得胜利。

"大家晚上好！请多指教哟。"

一之濑如此简短答复，就端正坐姿，露出一如往常的笑容。

我要发起快攻。因为我不清楚其他人藏着怎样的策略。

再加上，只要所有人都集中在一起，他们就会腾不出时间掉包。

之前一直等一之濑先开口的我，这次打算在她之前插话。

"各位方便让我说句话吗？"

"我有些话想说……"

没想到我和滨口会同时开口。

"抱歉。请你先说，绫小路同学。"

"不……你先说吧。我之后再说，没关系。"

想不到我们说话的时间点会重叠。这巧合真是讨厌。我拟定的计划没有问题，但如果发生这种意料之外的麻烦，效果就很可能不太好。

我就先听完滨口的话，然后再斟酌时机发言吧。不过，我的计划，却被滨口以意外的形式破坏了。

"那么，我就恭敬不如从命了。我这三天时间，都一直在思考要怎么做才能够以结果一来取胜。"

滨口突然向兔组全体成员表明自己的想法。

而且，他的想法与我定下的作战方案几乎一模一样，所以我很惊讶。

"然后，我得出了一个结论。我有办法让所有组员都能够以结果一为目标。"

"真的吗，滨口？"

虽然很微弱，但已经放弃了的幸村他们眼里亮出了希望的光芒。

"是的。正因为听了一之濑同学、町田同学，以及在场组员的话，我才会想到这个办法。"

"难以置信。靠讨论是绝不可能抵达结果一的。"

对这痴人说梦的提案提出异议的，当然就是町田。

"我们先听他说嘛。滨口同学不是那种不经考虑就随意发表意见的人哟。"

一之濑替滨口如此圆场，创造出容易让他说话的环境。

"现在我会给你们看我自己的手机。当然，手机上面会有学校发来的邮件。不管是谁应该都可以理解这是怎么回事吧？邮件不能随意篡改，因此无法蒙混过去。所以事情很简单。只要我们出示邮件，就可以知道对方是不是优待者。"

"说什么蠢话。你说谁会同意啊。没有那种明知被看见的瞬间就会遭受背叛，还把邮件给人看的家伙吧。"

这是任何人都想得到，但任何人都认为不会成立而放弃的方案。身为旁观者的町田当然也很吃惊。

"的确，优待者知道会遭受背叛所以不会出示手机。可是从不是优待者的人看来，被知道真面目这件事应该是不危险的。考试也快结束了。假如不现在展开行动，我们就无法获胜了吧。假设有班级串通包庇优待者，那么那个班级谁都不会出示手机。这样就有可能缩小优待者的范围。"

"就算知道优待者的真面目或者隶属班级，只要有人背叛那就全盘皆输了。还是说，你要比谁背叛最快吗？"

如果是这个战略，说不定真的能成功逼出优待者。但最后大家不一定都乖乖统一作答吧。

"既然这样，就请你安静看着吧。这件事只要町田同学你不参加就可以了吧。"

滨口这么说道，被反驳了也毫不气馁，并且公开自己收到的邮件。

"我赞成滨口同学的意见。我也会让大家看。"

紧接着同样是B班的别府说道。

看来这不只是无谋的行动，而是一之濑他们的战略。

没想到竟然和我所想的计划完全相同。

然而，我不知道他们究竟思考到什么地步。

如果他们只是纯粹相信大家才出示手机，就只能说是个无谋之举了……

"我想这意外地是个很好的方法呢。我也不介意给大家看手机。"

一之濑也像是要参与滨口提案，而露出了笑容。

她顺势般地打算拿出手机，接着就把手插到裙子的右侧口袋。

"我也一直很苦恼。但听见滨口同学说的话之后我就懂了。虽然我直到今天都没说出口……"

一之濑一面嘟哝着这种耐人寻味的话，一面掏出手机。

我决定在一之濑执行作战计划之前出击。

"你是认真的吧，一之濑。如果你是认真的话，那我也想参加这项作战。"

我在一之濑公布邮件前拿出自己的手机。

那是和某个人物交换过的手机，并不是我自己的。

"绫小路同学……你不介意吗？"

"嗯，听完滨口的话，老实说我也认为只有那个方法可行。我不擅长讨论，能够做到的就只有让人查看我的手机，以及请对方让我看他的手机。"

"等等，绫小路。我反对！这种高风险的作战不可能会顺利进行吧！"

幸村打算阻止我，但我拒绝了他，并把邮件给大家看。

接着让所有人都知道我不是优待者。

现在看不见的水库已经累积大量的水。即使在此打开一个小洞，也早晚都会崩坏，并成为蚁穴溃堤。为了打开那个洞，我公开了邮件。

"嗯，绫小路同学看来也不是优待者呢。"

"我也赞成。"

是谁紧接在后呢？在这仍有许多人对滨口的作战嗤之以鼻的情况下，一名少女表示赞同。那是没有料想到的人——伊吹澪。

"你疯了？这对我们没有任何好处欸！"

当然，提出反对冒险意见的就是同班的真锅。

然而，伊吹的解释也很合乎情理。

"不是优待者的人，以及不隶属优待者班级的人，再这样下去什么也得不到吧？就算是 B 班，他们也很清楚这点。这样的话就会永远追不上前面的班级。所以才会连手机都给大家看。关于这点我的想法也一样。只是这样而已。"

"这……"

"还是说，你该不会就是优待者？"

伊吹对理应是同伴的真锅投以类似敌意的强烈眼神。

"我、我不是……"

"既然这样，你给大家看看手机应该也没问题吧。"

面对近似于威胁的发言，真锅她们心如死灰般也公开了手机。

优待者慢慢浮出水面。

轻井泽也拿出挂着吊饰的手机，并且递到所有人面前。

"绫小路就算了，就连你也这样啊，轻井泽。你打算参加这项作战吗？"

"我只是为了自己才这么做。因为我也想要个人点数嘛。"

学校发来的邮件显示她不是优待者。轻井泽也是清白的。

"……呃，在下该怎么做才好呢？"

"你要自己去思考，外村。因为这不是强制的呢。"

"唔……所谓好汉不吃眼前亏是也。"

在大部分人都公开的情况下，自己也只能公开。博士于是也打算出示手机。然而，幸村却用手制止了博士。

"……你真的认为让大家看手机这个方法是正确的吗？"

"你怎么从刚才开始就吓得发抖。难道你就是优待者？"

伊吹对反应强烈的幸村吐槽道。

幸村的表情一下子僵住了。

"唔哇，不会是真的吧？"

"不，幸村不是优待者。因为我之前就听他说过自己不是优待者。"

我连忙替他打圆场。可是部分学生却不禁失笑。

"你要我怎么相信？这家伙说不定只是在撒谎吧。"

真锅理所当然地对幸村投以怀疑的眼光。

在此不断否定他不是优待者，确实只会徒增嫌疑。我很清楚这种事。但是我的身体却不听使唤。

要说为什么，因为幸村他……

"要下结论还太早了哟。因为幸村同学也有他自己的想法。"

一之濑看着一连串情况，再次从左侧口袋取出手机。

"虽然有点晚才跟上，不过我也会出示手机。"

她这么说完，就阐明自己也不是优待者。

"等等，一之濑。你刚才说到一半的话是什么？直到今天都没说出口是指？"

町田没忘记这件事。

"我只是想说自己也一直抱着同样的想法而已哟。"

"原来是这样啊。"

"我好歹在 B 班担任班长呢。我只是被滨口同学抢先一步而有点不甘心。"

总而言之，除了 A 班和幸村，现在已经弄清楚其他人都不是优待者。

"……"

在场学生们没有迟钝到不了解幸村这长时间沉默的意思。

然后不知从何时开始，A 班的町田他们也把身子往前倾，窥视着幸村的模样。

"……我知道了。我会让你们看。只要让你们看就行了吧。"

幸村无法继续得罪所有人，于是让步拿出手机。

"可是在这之前，我希望你们可以和我约定一件事……"

"约定？这是怎么回事呀，幸村同学。"

"也就是我希望在场的任何人都不要背叛。尤其是

Ａ班必须拿出手机，放在我们眼前。不，是所有人都要这么做。所有人都把手机放在看得见的地方吧。"

他向身为代表的町田搭话，但是町田却嗤之以鼻，回复道：

"我不懂你的意思。这是怎么回事？"

"字面意思。"

"算了，好吧。如果只是要放着的话。"

保持距离的Ａ班所有人，都从容地把手机放在桌上。

幸村确认这点之后，就一面露出阴郁表情，一面移动双手。

他从口袋取出手机。

接着输入了六位数密码，解除了锁定。

等到他要点开学校发送的邮件之前……

"抱歉，我说谎了。绫小路……"

幸村道歉。接着点开学校发送的邮件。

当看见邮件时，吃惊应该会是Ｄ班的成员吧。

"我就是优待者……"

那是封与所有人都不同的邮件。

"啥……幸、幸村殿下原来您是优待者！"

博士无法置信地投以吃惊的眼神。也就是说Ｄ班放走了可能入账的五十万点。

然而，幸村正是那个在背地里跟我交换手机的人。

"要是知道会变成这种情况，那我一开始就应该说出来……"

轻井泽好像也打从心底感到惊讶，表情上看得出来十分动摇。

幸村不可能是优待者——从他们两个的角度看来，会这么想也是难怪。

町田一站起来，就懊悔地探头窥视幸村的手机。

"看来邮件是真的。私人邮件也全部都是幸村的，所以好像没有错。"

町田没经过允许，连幸村的私人邮件都检查了一遍，更加确信了。

一之濑对起疑心的町田冷静地说道：

"这不可能是假的哟。考试规则里有说明的。学校发送关于考试内容的信件，是禁止复制或转发的。既然它是从学校信箱寄来，也就是说造假的可能性为零呢。"

对，学校从一开始就严令禁止学生在考试中造假。

既然违反的话就会被退学，那么大家眼前所见的就只能是真相。

"也就是说，优待者就是幸村同学了，对吧。"

真锅点头同意。现在重要的是让大家看到幸村的邮件。拿着手机的人……未必就是那只手机的主人。换句话说，要判断手机真正的主人，其实意外地困难。尤其如果是在考试上变得很敏感的学生们，就算他们推测手

282

机说不定是掉过包的也不奇怪。不过，假如幸村在大家面前使用六位数密码解锁，那就另当别论了吧。我们不可能知道别人的手机密码。这可以让大家无意间把它理解成是幸村本人的手机。

"抱歉，幸村同学……都是因为我在最后的最后想到这种办法……"

"不，或许这样也好。我之前打算想尽办法把谎撒到底，可这是错误的。对绫小路、外村、轻井泽来说，我觉得这样也好……"

幸村这么说的话，就会作为一个想要独占所有点数的人，浮出水面。

"……这样所有人都知道我就是优待者了吧。你们应该总算得出答案了。"

对，只要所有人一起通过，这组就可以得到五十万点。

说不定可以做到一般认为不可能达成的结果一。

一之濑点了头，强烈地请求A班。

"拜托大家。为了不浪费幸村同学的勇气，我们就合作吧。希望大家不要背叛。"

"我们原本就是按照葛城同学的指示在行动。不会擅自行动。"

就算他那么回答，考试结束之后我们也不得不解散。考试结束后的三十分钟，我们必须相信其他班的学生，而不是自己的伙伴。

"我很想相信……不，我会相信所有人……"

幸村如此说道。

他这几天时间和兔组组员之间萌生出真挚的友谊了吗？

大家会理解幸村的想法，并所有人一起分享胜利成果吗？

不，这种事情绝对不可能。

一定会有人背叛的。

然后，掉包手机的我们班，就会获胜。

幸村是这么坚信的吧。我想他现在应该拼命地忍着别笑出声来。

但是，喜悦也只是昙花一现。幸村手上拿着的手机在房间里响了起来。

因为这通来电而最受惊吓的人是幸村。

他急忙想从桌上收回手机，手机却不小心从手上落下。

碰巧的是画面就这么朝上，滚到我们面前。

手机一面震动，一面小幅度地移动。

来电者的名字是——一之濑。

她本人在我们眼前把手机贴着耳朵，同时用认真的眼神望着幸村，还有我。

"你在做什么啊，一之濑。这种时候打电话到幸村的手机也没意义吧。"

町田用狐疑的表情看着一之濑。

一之濑营造出除了我和幸村以外的人都无法理解的氛围。接着静静挂掉电话。

"学校说过'禁止更改或复制邮件'，对吧。所以我们看到的邮件绝对是真的。这没有错。可是学校并没有禁止对手机本身动手脚。你们明白这是怎么回事了吗？"

一之濑捡起手机，把它递给我，而不是幸村。

"这个写着优待者的手机主人，其实是绫小路同学你的吧？因为刚才我打电话给了你，而不是幸村同学呢。"

以前我和一之濑交换过联络方式。

所以这家伙知道我的手机号码。

不，就算她不知道，说不定也会审慎调查。

"可、可是这不是很奇怪吗？幸村在我们面前用密码解了锁。再说，我为了慎重起见，不是连私人邮件都检查过了吗？"

"那是假的。密码只要绫小路同学事先告诉他就可以了哟。况且，聊天记录或者邮件，甚至是手机上的软件，虽然很费事，但都是可以掉包的。"

町田听完这些话，脸色大变。他伸手拿了递向我的手机。

"再说，人是无法轻易说谎的。尤其是在最后关头，因为大意或者紧张，而不小心产生破绽。不知道是不是因为幸村同学在说谎，总觉得他的举止、态度好像跟平时不同。形迹相当可疑呢。"

一之濑识破了我方的伪装手段。

幸村此时已经脸色惨白了。

"我们班也想到过这种方法呢。想着要是优待者在自己班级，掉包手机也是一种手段。也在思考用密码来让大家误认手机属于本人等办法。"

看来我的作战方案早已被一之濑他们看穿了。

"可是这项作战方案有个决定性的弱点，那就是电话号码的存在。就算想得到对聊天记录或手机软件动手脚，也对电话号码无计可施。我和滨口同学曾经尝试交换 SIM 卡，但这手机的 SIM 卡和装置全都被锁定了。两部都会变得无法使用。换句话说，假如交换就会无法通话。不管怎么交换手机，打个电话就会知道物主身份。否则我们也就不会提出要互相出示手机了呢。"

换句话说，正因为一之濑他们预先做了识破谎言的准备，才会使出这个强硬手段。

滨口会提出这件事情，当然也是商量好的吧。

"交换手机以及在手机软件或聊天记录动手脚，到此为止都很完美呢。不过你们没料到我们会利用 SIM 卡的装置锁定来进行确认，对吧？"

"呼……"一之濑吐了口气。这时正好响起宣布一小时讨论结束前五分钟的广播。

学校命令小组在五分钟内解散，回到自己的寝室。

"可恶！"

幸村的喊叫是真心的，那是毫无虚假的真实反应。

"真遗憾啊，幸村。虽然这意外地是个很好的方向呢。"

町田他们冷冷一笑，像在侮辱被看穿一切的幸村，而这么说道。

他们也看了一眼支持这项作战方案的我。

幸村和 D 班的人都仍然无法隐藏心中的动摇。C 班和 A 班的人也很惊讶。

虽然我还想进行各种讨论，但规则上不允许继续进行讨论。

"总之，可以确定绫小路同学就是优待者了。町田同学，答应我你们所有人都不会背叛，并且一起赢得结果一。"

"嗯，当然。相信我吧。我们走。"

町田率领同伴，A 班的三个人依旧最早离开房间。

"相信的人就会得到救赎哟。我们绝对不会变成叛徒。另外，也拜托Ｃ班的同学们。你们只要忍耐三十分钟就可以了。"

真锅她们委婉地点点头，接着出了房间。

幸村抓住我拿着的手机，稍稍低着头这么说道：

"参与作战是错误的。真是太糟糕了。"

组员接连离开房间，转眼间只剩下我和一之濑。

"之后就只能相信大家了呢。"

"嗯，是啊。"

"绫小路同学，你真是冷静欸。你不会不安吗？"

"因为我也只能相信了。我要回房间了。"

继续待在这里也不会有好处。

"唉，等一下。"

一之濑把手放在我的肩膀上叫住了我。

这瞬间……我感受到我们独处的这个空间逐渐笼罩在紧张的氛围下。

"这掉包手机的作战方案是谁想到的呀？"

"当然是堀北啊。"

"是吗？那么你能帮我转达给堀北同学吗？说她的作战方案非常成功。"

"非常成功？你没搞错吗？是非常失败吧。这可真是个惨败。我们的作战方案完全被你看穿了。"

"啊哈哈哈。你们应该没料到我会想到同样的作战方案吧。"

"抱歉啊，做出这种欺骗的行为。我们明明是缔结了友好合作的协定。你生气了吗？"

"怎么会。我们也擅自执行了作战方案。彼此彼此呢。"

"你能这么说，堀北应该也就放心了吧。"

我这么回答，就抓着手机打算离开房间。

"哇，等等。我还没说完关键的事情呢。"

"关键的事情？"

"真是的。你还真是意外地坏心欸，绫小路同学。手机的 SIM 卡确实连同装置都会锁定。但它是有办法解锁的……对吧？因为我和星之宫老师确认过，结果她说只要支付点数的话，就可以立刻解除锁定呢。"

我感受到后脑勺有针扎般的微弱触电感。

"人都会将假答案之后出现的答案误认成真相。表现出解除密码动作的幸村同学才不是什么优待者——这个谎言败露的瞬间，绫小路同学是优待者的事实就会浮出水面。接着是决胜关键的 SIM 卡。这时，大家眼里除了绫小路同学你之外，已经看不见其他人。这正是个陷阱。我刚才虽然说掉包作战不完美，但那是谎言。因为，这个掉包作战方案非常有效嘛。只是陷阱必须设置'两层以上'呢。要是使出这个手段，真相就会在黑暗之中。因为没有办法百分之百看穿谁是真正的优待者。"

　　这个一之濑，就连我作战方案里的计中计都看得见。

　　她连我瞒着幸村的真相都发现了。首先，大前提为我不是"优待者"。但我却以优待者身份去接触幸村。因为我使用最重要的证据"优待者"的手机去接触了他。然而，它真正的物主是轻井泽。虽然她顺利隐藏了自己身为优待者的身份，但偷偷告诉了平田。平田一开始应该也无法把这事实告诉隶属同组的我和幸村。所以当我们在说优待者的话题时，平田才会装作不知道。不过当我在听轻井泽和平田聊他们的过去时，平田把轻井泽就是优待者的事情告诉了我。我接着利用真锅欺负轻井泽，然后再利用这状况，让轻井泽跟我交换手机。当然，这和跟幸村交换时一样，包含聊天记录或邮件等，我都动了手脚。那时，我当然也有事先用点数执行"SIM卡解锁"。这并没有违规，在量贩店里也是可以免费进行。虽然这里是船上，但考试既然要使用手机，我确信学校一定会做手机坏掉时的维修或替代品等最低限度的必要准备。这样就算使用轻井泽的手机，我也可以利用我的手机号码来造假。接着，我便在此更进一步地把这只手机跟幸村的手机交换。当然，因为我说那是"我自己的手机"，幸村就这么深信不疑了。假如伪装露馅的话，幸村就会动摇且焦虑。这于是就会成为真相。

　　若对方很单纯，那就会天真地没发现我和幸村交换手机便了事。要是遭受敏锐者的指摘，大家也会认定被揭穿真相的我就是优待者。不过也只会到此为止。他们绝对无法得出轻井泽才是真正优待者的这个答案。

　　这就是我想到的掉包手机计划。

　　"假如D班里没有优待者的话，你们会怎么做呢？"

　　"跟你一样。向班上弄清楚是优待者的人借手机，多准备一部具有优待者证明的手机预先带来，然后再出面说自己是优待者就好。"

　　届时真正的优待者如果慌张，或是指出谎言，优待者就会成功现出原形。要是单纯地深信一之濑就是优待者，考试也会因为叛徒的失误而结束。虽然后者B班不会获得点数，但结果上可以缩短或拉开和某个班级之间的差距。

　　"我不小心露馅了吗？"

　　一之濑从左右口袋各拿出一只手机。其中一只应该是B班某组优待者的手机，而另一只则是非优待者的自己的手机。

　　"顺带一提，虽然这是我的推测，不过从今天的对话看来……"

　　"真正的优待者，说不定就是轻井泽同学。"

　　她这么说完，就在手机上输入轻井泽的名字，然后拿给我看。

那是要发给学校的背叛邮件。

不过，紧接着我和一之濑的手机却同时响起。

兔组的考试已经结束。请等待结果公布。

"哎呀……果然有人背叛了呀。会是 A 班和 C 班的哪一边呢？"

"你为什么认为是轻井泽？"

"和揭穿幸村同学时的理由相同。因为她和平常不一样嘛。像是她平时不把你放在心上，眼神却不时追着你看，或者表情过度僵硬之类的。只不过，轻井泽同学也有可能不是优待者，无论如何我应该都无法发送邮件了呢……"

看来我方拟定的作战方案彻底被一之濑看破了。

"为什么你刚才没说出这件事？"

一之濑笑了。那笑容直至今日我都不曾见过，深不可测。

"这还用说吗？因为就算 A 班或 C 班某方弄错，对我们来说都是有益的。我从一开始就不打算获得所有人通过的结果一，还有做出背叛行为的结果三。因为我在知道优待者不在 B 班的那一刻，脑子里就只想着要让某个班级背叛。A 班大概会背叛吧。"

"是町田吗？"

"不是不是，是森重同学哟。他是坂柳同学的派系，

应该不会服从葛城同学派。他应该是觉得背叛并且获得
点数好处更多吧。"

一之濑无畏地笑着，接着背对了我。

"绫小路同学，你意外地很厉害呢。刚才和我的对
话也都是临时才想到的，对吧？"

"你去称赞堀北吧。这不过是那家伙把各种可能性
都事先告诉了我而已。"

看来我必须改变对一之濑帆波的评价了呢。

她彻底回避风险，并且在这种情况下拟出取胜的战
略。真是无可挑剔。

"那么，我先离开了。要是不小心触犯禁止事项可
就糟糕了呢。"

一之濑刚说完，我们的手机同时响起了独特的声响。

而且还不是一两次，铃声共计四次，在短时间内响
彻了房间。

"这是……怎么回事？"

打开手机的一之濑打从心底感到惊讶，然后静静地
把手机屏幕斜过来让我看。

3

深夜在海上飘荡的这艘船感觉有点寂寥。

不过，随着时间越来越接近晚上十一点，学生渐渐
多了起来。回过神来，寂静的咖啡厅座无虚席。

一名少女朝着早就占好四人座位的我走来。

"……久等了。"

轻井泽惠客气地说道。她的表情看得出来和之前不太一样。

"这么晚把你叫出来，还真是抱歉。"

"不，没关系……"

我心想我们也没什么话可说，于是就沉默地眺望这片染成漆黑的景色。但轻井泽好像在偷偷看我，所以我就把视线移了回来。

"啊，呃……我是在想事情能不能顺利进行。"

"没问题。我可以确定 A 班的人把我的名字发给校方了。"

我使出的保险手段，除了交换轻井泽和幸村的手机之外还有另一个。我把事情处理得密不透风，所以应该不用担心。

"你为什么能这么断言？"

"这是因为你交给我的纸条是有意义的，对吧，绫小路同学。"

轻井泽因为从身后走近的人物而吓得双肩震了一下。这也没办法。因为对方是上次她怒吼说要分手的平田。

"两位考试都辛苦了。我可以坐下吗？"

"当然。"

　　轻井泽好像很不自在而低垂双眼，但也没有表现出拒绝的态度。

　　现在是晚上十点五十五分。还有五分钟，学校应该就会给学生同时发送邮件。

　　"时间差不多了呢。堀北同学还没好吗？要不要给她打个电话？"

　　"她是个踩点来的家伙呢。还有四分钟，再等等。"

　　看来唯独这次，堀北比我所想的还要早到。

　　"哎……看见你们这些人，真的想叹口气呢。"

　　"你终于来了啊。话说回来，你背后的人是怎么回事？"

　　"别在意。我想他就像是背后灵一样。你就无视他吧。"

　　"才没这回事呢，堀北。我可是顾虑到你在考试期间应该神经紧绷，才没找你说话欤。"

　　这几天都不见踪影的须藤健，就像在缠着堀北似的站在她旁边。

　　"你很碍事，给我消失。"

　　"别、别这么说嘛。我可是按照自己的方式全力参加考试了欤。"

　　"那你有自信会留下成果吗？"

　　"……就差一步了呢。好像有人抢先一步发送了邮件。"

堀北听见这种冠冕堂皇的借口好像就不理他了。她在剩下的一张空位坐了下来。须藤也急忙想去占住她隔壁桌的椅子。

"你很碍事。"

"只是听你们说话而已，应该没什么关系吧。你们不要排挤我啦。"

尽管对这死皮赖脸的成员感到不可思议，我们还是按原计划商量起来。

"话说回来，关于刚才连续收到的邮件……"

"嗯，我也很在意这件事。"

大约两个小时之前。我和一之濑分开的时候，发生了一起事件。

几乎同时收到四封邮件。邮件的内容是通知考试结束。

鼠、马、鸡、猪组，因为出现叛徒而结束考试。

"马组的优待者是南同学，对吧。"

"嗯，换句话说，他有可能被识破了真面目。"

"别的小组也可能会有我们班的人发送背叛邮件吧？"

堀北的担忧是正确的。要是我们误判优待者，受到的损失应该相当巨大。

"我很担心这件事情，所以一直都在和其他组联络。男生里没人发送背叛邮件。"

虽然有"他们都没说谎"这个大前提，但我应该可以相信他们吧。

"山内他没问题吗?"

我提出自己的担忧。

"啊，呃，他没问题。山内同学是鸡组。他好像打算寄出邮件。只是他似乎一直犹豫不决，听说在他寄出之前考试就结束了。"

"虽然不知道背叛者是哪个班级的，但抢先背叛还真是干得漂亮呢。"

堀北认为如果是山内寄出，他应该十之八九会猜错。大概就如她所说的。考试结束不立刻寄出并且犹豫不决，就不应该冒风险。

"但女生的情况就不知道了呢。"

"这件事情我确认过了。没有人背叛。"

轻井泽毫不犹豫地说道。

正因为她统合着D班女生，所以她和平田一样，马上就收集到了有用的信息。

"是吗?"

堀北在信息收集方面束手无策，也只能老实接受。

"话说回来，为什么这次考试说明会分组进行呢?"

平田好像还没解开这个问题。他似乎觉得难以理解，而这么嘟哝道。

"这场考试是考验'Thinking'，也就是考验思考能力。所有疑问未必都有答案……难道不是这样吗?"

正因为看穿这是无意义的谎言，这么理解说不定才比较自然。

真相就藏在无数个疑问之中。

"比起这些，我在意的是那四封邮件几乎同时收到。就算最后可以背叛的时间只有三十分钟，但会有这种集中在一两秒之间的事情吗？"

"这只是巧合吧？"

从旁听对话的须藤看来，这不过是偶然的事件。

"高圆寺同学发送背叛邮件时，学校回复邮件几乎没有时差。"

"那这有很大的可能就是事先商量再统一发送。也就是说，说不定这是一个班级发起的背叛。"

正如他所说的这样。对于在同一时间收到的四封邮件，我也只能这么想。

"这说不定是为了表现自己班有多能干，才让发送邮件的时间保持一致。"

"嗯，除此之外就无法想象了。而会做出这种事的人就只有一个……"

堀北和平田自然地接着话。

我不用说多余的话他们也能联系起来，这真让人感到欣慰。

我们在这间来过多次的咖啡厅碰面是有意义的。

"你果然在这里呀。"

这也是为了引出一个男人。

"龙园！"

须藤发现他的存在，威吓似的站起来。可是龙园看都没看他，就抓住空椅，强行把它丢在堀北旁边，接着坐了上去。

"我想跟你一起分享考试结果呢。你能在显眼好找的地方，省了我不少事呢。"

"嗯，我替脑袋不好的你找了个好懂的地方。你应该感谢我。"

"话说回来，铃音。这还真是个相当大的阵仗欸。"

龙园看见聚集在这桌的四个人（他没有计算须藤）嘟哝道。

"被你纠缠不清，我很困扰。我们刚才就是在讨论这件事。"

"你不要缠着堀北！"

"须藤同学，你闭嘴。"

"喔……"

须藤被堀北以快攻制止，接着乖乖地坐回椅子上。真是出乎意料地顺从。

"我还以为你没有像样的朋友呢。哎，算了。"

这就是我对龙园展开的一个防御对策。我借由增加堀北周围的人来使龙园疏忽我的存在。

"不久就要宣布结果了，你有把握吗？"

"算是呢。你看起来也相当从容呢。"

"呵呵。若不是这样我就不会特地过来了。"

"哦，对啊。上次宣布结果的时候你好像很自以为是，最后却得到很愚蠢的结果呢。"

须藤像是回想起来，而指着他一笑置之。

堀北就像是在附和须藤，用鄙视的眼神看着龙园。

"别这样，铃音。要是高兴得太早，丢脸的可会是你。因为我知道小组的优待者是谁呢。"

堀北就算听见这句不知是真是假的话也不为所动。

因为她有把握自己不会输给龙园。

"那真是太好了呢。我很期待结果。"

"就算不用等到结果出炉，我也可以告诉你龙组的优待者是谁哦。"

"很抱歉，但这听起来只会是丧家犬的吠声。考试已经结束，龙组里也没有出现叛徒。这只代表着一件事情。"

龙园还没看穿优待者是栉田，考试就结束了。

这是不争的事实。

"你如果知道我的慈悲之深，说不定会感谢我呢。"

龙园觉得有趣又好笑地笑了出来。

"那你说吧。龙组的优待者是谁呢？"

龙园仿佛就在等待这句话，而用手按住自己的笑脸。从他那指缝间露出的视线就像是野兽。他仿佛是为了咬住猎物的喉咙，而努力使自己保持冷静。

"栉田桔梗。"

"咦？"

至今对龙园的话都没有任何反应的堀北发出这惊讶的声音，身体同时僵住了。

正因为她有自信绝对没被看穿，所以才会出乎意料。

然后，同样隶属龙组的平田也很动摇。

"很抱歉，但我在考试第二天就发现了哦。发现栉田就是优待者。"

"你是在开玩笑吧……若是这样，照理你就会背叛而结束考试。但是考试并没有中途结束。换句话说，这应该是你在考试结束之后才发现的，对吧？"

"你深信优待者没被识破而不断拼命说谎话的模样，以及你那有把握获胜从容不迫的态度，都可爱得让我想一把抱住你呢。所以不知不觉我就拖到最后了。"

"你是怎么发现的呢？"

平田也对龙园的话感兴趣，于是忍不住就问了出来。因为他对栉田优待者身份的保密工作很有自信，同时很好奇为什么龙园没有选择背叛。

"很遗憾，这答案就在……铃音你身上哦。"

"在我身上？"

堀北现在应该拼命保持镇静，同时在脑海中回顾

302

考试的过程。

想着自己是在何时、何地、如何被识破。

"我是从你眼睛、嘴巴的动作，乃至呼吸、举止、语气等看出来的哦。看出这家伙正在撒谎呢。"

"别说笑了……"

"说笑？那你觉得我有其他方法吗？"

"这……一定是你刚才从某个人那里听说……"

"虽然我很了解你不愿承认的心情啦。也就是说即使在小组里，你也是最没用的一个。但你可别责怪自己哦，铃音。是你的对手不好。再说，因为这场考试就应该会是在一片波涛汹涌之中激烈竞争呢。脸色最苍白的会是A班。你就放心吧。"

"你……你到底做了什么？"

"你马上就会知道答案。"

看来那四封背叛邮件和龙园有很大的关联。

到了晚上十一点，我们的手机就同时收到了邮件。

子（鼠）——因叛徒作答正确，而为结果三。

丑（牛）——因叛徒作答错误，而为结果四。

寅（虎）——彻底藏住优待者存在，因此为结果二。

卯（兔）——因叛徒作答错误，而为结果四。

辰（龙）——考试结束后所有组员作答正确，

因此为结果一。

　　巳（蛇）——彻底藏住优待者存在，因此为结果二。

　　午（马）——因叛徒作答正确，而为结果三。

　　未（羊）——彻底藏住优待者存在，因此为结果二。

　　申（猴）——因叛徒作答正确，而为结果三。

　　酉（鸡）——因叛徒作答正确，而为结果三。

　　戌（狗）——彻底藏住优待者存在，因此为结果二。

　　亥（猪）——因叛徒作答正确，而为结果三。

　　根据以上结果，本考试中班级与个人点数的增减如下。

　　点数后方会附上 cl、pr 单位，这分别是班级点数与个人点数的简称。

　　　　A班……扣 200cl　加 200 万 pr

　　　　B班……无变动　加 250 万 pr

　　　　C班……加 150cl　加 550 万 pr

　　　　D班……加 50cl　加 300 万 pr

　　"C班是……第一名……"

堀北他们对结果感到很吃惊。

"太好了呢，铃音。因为你的失策而走漏消息的龙组竟然会是结果一。这么一来，所有班级都会得到巨款了呢。"

龙园慢慢地轻轻拍手，并且满足地笑着。

"要是你低头求我，我也是可以帮你对答案的哦。"

"谁要……"

堀北说到一半，就用力紧咬嘴唇闭上了嘴。

"真棒啊，这张表情。"

龙园从口袋拿出手机，就把它往我们桌上滑了过来。

画面上的文字感觉是龙园打出的清单。

鼠、鸡、猪组后面写着的是A班优待者的名字。

"我知道了这场考试对优待者进行'严正地选择'的根本原则了呢。然后我只针对A班那些家伙攻击。这就是其证明。"

龙园刻意不针对D班和B班来通过考试。

虽然他不可能做出这种没效率的事，但要是事实摆在眼前也无话可说。

"接着，铃音。这是个遗憾的通知，我下次的目标就是你。我会在下场考试上针对你攻击，让你痛不欲生。"

堀北失去反驳的话语，只反复地看着考试结果的邮件。

C班取得压倒性胜利，到这阶段已经获得了大量的点数。从结果看来，当时看似做出胡闹之举的高圆寺猜对答案这件事，可以说是漂亮的一击。因为若不是这样，就会变成C班一班独胜。反之，高圆寺隶属小组的其他班优待者，就像是中了流弹那样倒楣。

"你就好好期待第二学期吧。"

龙园报了无人岛的一箭之仇，满足地离去。

大家原本是怀着庆祝的心情，但表情却都严肃到让人无法想象是获胜了。

"龙园同学搜集消息识破A班优待者，到这里为止都可以理解。他拥有我们没有的才能，所以这也可以接受呢。但是龙组的结果呢？"

好像谁都想不出正确答案。没人回答平田提出的疑问。

不过关于这点，不必想得太深入。

"这不是什么困难的问题。只要想成是他想这么做的话，就会比较容易。"

"这是什么意思？"

"先不论龙园是在哪里识破优待者，要是他在考试结束前告诉大家‘栉田就是优待者’呢？龙园的话当然没人会信。尤其是聚集优秀人才的龙组，这是理所当然的。不过，唯有在最后关头不同。我们就算答错，也不会有风险。那么即使是贯彻防守的葛城，也会觉得也许真的就是这样，而进行答题了吧？假如栉田就是优待者的可能性有百分之一，结果一对自己而言也是有利的。"

如果揭开手段，就极为单纯。不过这件事通常绝对不可能实现。

这是个只要有一个人不相信栉田是优待者就办不到的事情。这种事是否真的办得到，就算我自己去想也是半信半疑。我不认为自己能让计划成功。对于他是如何让D班之外所有人都相信，并且引领至结果一，我单纯对此深感兴趣。

难道他拥有"足以让人相信的绝对证据"吗？

"堀北。或许……我们今后会被逼入绝境呢。"

而且还不会只是一两次。根据情况不同，我们也可能永远身处D班。

"绝境？被龙园吗？他在这场考试上手腕高明是事实。但是，今后未必也会是场苦战。事实上你的小组就赢了。不是吗？"

"是啊。应该是我想太多吧，别介意。"

现在仍只是预感而已。可是，假如这种预感准确的话……

那这不就会是前往绝望的第一步吗？我不得不这么想。

而我同时也隐约觉得名为"有趣"的这个未知情感开始萌芽。

后记

嗯嗯（翻书确认第三本的后记）。原来如此原来如此。

看来过去的我在第三本的时候打算说出"自己可是很早就写完稿子"呀。这次我也办不……（以下省略）

您好，我是下定决心这次一定要加油的衣笠。暌违四个月不见了。第四本是第二次特别考试。故事从班级单位内的互助，转为这次混班的合作比赛。这次故事也是各个班级各自执行自己的方案来分晓胜负的形式。我记得自己学生时代时，也曾对于和其他班同学待在一起无法表现正常而伤脑筋。无论跟谁都能说话的人真是厉害呢！那么，从下一本开始，故事舞台将回到学校，并且同时开始第二学期。

第五本里，说不定会出现前来干涉主角绫小路清隆过去的人物。不仅是同年级学生，甚至也会开始牵扯到高年级学生。我到底要增加多少人数呢？我可是会一直增加下去哟。无止境地增加（学不乖）。

只不过，假如可以的话，在这之前我也想出像是外传那样的作品。这次的作品偏严肃，我偶尔也想写写减轻压力的笨蛋故事。那么，虽然很简短，但这次就容我以这种形式来做结尾。

啊，最后……虽然这是我的私事，但我前阵子订婚了。知世俊作老师，对不起！（意味深长）